HUIT LETTRES

DE

MADAME DE SÉVIGNÉ

PUBLIÉES

AVEC UNE NOTICE ET DES NOTES

PAR

GUSTAVE LANSON

Docteur ès lettres

Maître de Conférences suppléant à l'École normale supérieure

PARIS

LIBRAIRIE HACHETTE ET Cie

79, BOULEVARD SAINT-GERMAIN, 79

HUIT LETTRES

DE

MADAME DE SÉVIGNÉ

A LA MÊME LIBRAIRIE

Sévigné (Mme de) : *Lettres choisies*, extraites de l'édition des *Grands Écrivains de la France*, précédées d'un avertissement et d'une notice biographique sur Mme de Sévigné par M. Ad. Regnier. 5e édit. Un vol. petit in-16, cartonné.　　1 fr. 80

Sévigné (Mme de) : *Lettres de Mme de Sévigné*, de sa famille et de ses amis, édition des *Grands Écrivains de la France*, publiée sous la direction de M. Ad. Regnier, membre de l'Institut, sur les manuscrits, les copies les plus authentiques et les plus anciennes impressions, avec variantes, notes, notices, lexique et album contenant des portraits, des fac-similés, etc., par M. Monmerqué. Quatorze vol. in-8 brochés et un album.　　120 fr.

> Tome I : Avertissement. — Notice biographique. — Lettres.
> Tomes II à X : Lettres.
> Tome XI : Avertissement. — Lettres inédites de Mme de Sévigné. — Lettres inédites de divers. — Notice sur Mme de Simiane. — Lettres de Mme de Simiane. — Table générale des sources manuscrites et imprimées. — Avertissements et préfaces des éditions originales et de l'édition de 1818. — Notice bibliographique.
> Tome XII : Table alphabétique et table analytique des matières. — Appendice du tome XII : Additions et corrections. — Lettres inédites de la marquise de Sévigné et du comte de Grignan.
> Tomes XIII et XIV : Lexique de la langue de Mme de Sévigné, avec une introduction grammaticale et des appendices, par E. Sommer.

Chaque vol. se vend séparément.　　7 fr. 50
L'Album.　　15 fr.

Sévigné (Mme de) : *Lettres inédites*, publiées pour la première fois par M. Ch. Capmas, recteur honoraire d'Académie. Deux vol. in-8, brochés.　　15 fr.

39181. — Imprimerie LAHURE, rue de Fleurus, 9, à Paris.

HUIT LETTRES

DE

MADAME DE SÉVIGNÉ

PUBLIÉES

AVEC UNE NOTICE ET DES NOTES

PAR

GUSTAVE LANSON

Docteur ès lettres

Maître de Conférences suppléant à l'École normale supérieure

* * * ✳ * * *

PARIS

LIBRAIRIE HACHETTE ET Cie

79, BOULEVARD SAINT-GERMAIN, 79

—

1899

NOTICE

LA MARQUISE DE SÉVIGNÉ

MARIE DE RABUTIN-CHANTAL

1626-1696

Tout a été dit sur Mme de Sévigné, surtout après le spirituel et charmant volume de M. Boissier[1]. Je me contenterai de rappeler brièvement les principaux événements de sa vie et les traits saillants de son caractère.

Petite-fille de sainte Chantal, cousine de Bussy, elle perdit son père à dix-huit mois. Le baron de Chantal était un des plus braves gentilshommes et des plus enragés duellistes du temps : il ne le cédait guère à son ami Boutteville, à qui il servit parfois de second. Spirituel, impertinent, ennemi des ministres en place par légèreté et par bravade, il déplut vite au cardinal, qui lui aliéna le roi. Alors il s'en alla rejoindre Toiras, qui défendait l'île de Ré contre les Anglais : il y fut tué. Sa veuve Marie de Coulanges, ne lui survécut pas longtemps : à sept ans et demi la petite Marie de Chantal fut tout à fait orpheline. Trois ans après, ses grands parents du côté maternel ayant disparu à leur tour, la famille la confia à son oncle Christophe de Coulanges, abbé de Livry, âgé de vingt-neuf ans. C'était un excellent homme, honnête, solide, économe, et très entendu en affaires. Il prit un grand soin de la fortune, mais aussi do l'édu-

---

1. Avec l'étude de M. Boissier, j'ai mis à profit pour cette notice l'étude de M. Paul Mesnard, qui est au 1ᵉʳ volume de l'édition des *Lettres de Mme de Sévigné* de M. Monmerqué. Les *notes* que j'ai mises aux *Lettres* ici publiées, sont en grande partie tirées de cette excellente édition, ou composées de matériaux qu'elle fournissait.

cation de sa pupille. On sait que Chapelain et Ménage lui ensei-
gnèrent l'italien et l'espagnol, et même un peu de latin.

Mlle de Chantal, fort jolie avec ces *yeux bigarrés* et ce *nez
carré* dont elle plaisantait elle-même, d'une physionomie où
la joie et l'esprit pétillaient, et pourvue de plus d'une dot considérable, épousa, le 4 août 1644, le marquis de Sévigné, d'une
ancienne famille bretonne, et parent du fameux coadjuteur
Paul de Gondi. Après un séjour assez prolongé à leur terre des
Rochers, ils vinrent à Paris. C'est alors que Mme de Sévigné
fréquenta l'hôtel de Rambouillet et y prit rang bien vite parmi
les « illustres ». La Fronde vint : Sévigné, qui suivait le coadjuteur, fut tour à tour contre la cour et contre les princes. Il était
léger et batailleur, tout comme le baron de Chantal : le chevalier d'Albret le fit appeler en duel et le tua le 4 février 1652.
Sa femme le pleura, quoiqu'il ne l'aimât guère et la ruinât,
et qu'elle eût cessé depuis longtemps de l'estimer.

Elle avait deux enfants, un fils et une fille, auxquels elle se
dévoua. Elle maria sa fille en 1668 au comte de Grignan, lieutenant général en Languedoc, deux fois veuf, tourmenté de goutte,
et qui n'était plus jeune. En 1669, M. de Grignan fut nommé
lieutenant général en Provence, où il dut aller résider : sa femme
l'y suivit en 1671. Bientôt Charles de Sévigné s'en alla à l'armée :
il fut successivement guidon, puis sous-lieutenant des gendarmes-
Dauphin ; sa mère et lui tâchèrent en vain d'obtenir un régiment.
Il servit en Allemagne et en Flandre. Mme de Sévigné, restée
seule, se consolait dans les douceurs de la société, dans le commerce de ses amis, dans la conversation de son fils entre deux
campagnes, et surtout dans les lettres qu'elle écrivait à sa fille,
et qu'elle en recevait. Elle n'était pas de la cour, où elle faisait
de rares apparitions, bien accueillie des princes et estimée du
roi. Elle vivait à Paris ; elle loua en 1677 l'hôtel Carnavalet, où
elle habita jusqu'à sa mort. Dans la belle saison, tant que vécut
l'abbé de Coulanges, elle faisait de fréquents et de longs séjours
à l'abbaye de Livry, au milieu des bois qu'elle aimait. Souvent
aussi, elle alla passer l'été à ses chers Rochers, près de Vitré,
où les arbres étaient si verts. A peine l'hiver pouvait-il l'en
chasser, malgré la tristesse des pluies continuelles. Avec l'âge,
les rhumatismes vinrent : elle alla deux fois à Vichy (1676 et
1677), une fois à Bourbon (1687). Mais les voyages les plus char-
mants à son gré furent ceux qu'elle fit pour rejoindre sa fille :
en 1672, elle se rendit en Provence, allant et revenant par la
Bourgogne. En 1690 et 1691 on la trouve encore à Grignan;

Enfin elle y retourne en 1694, et elle y meurt. Des embarras d'argent l'attristèrent souvent. Son fils, tant qu'il fut au service et à la cour, dépensait sans compter : il fallut payer son guidon, sa sous-lieutenance, et fort cher. Les Grignan, dans leur fastueuse existence, étaient toujours à court d'argent. Tout cela dérangea fort les affaires de Mme de Sévigné. Enfin, quand elle maria son fils, elle se dépouilla complètement et partagea ses biens entre ses enfants.

Voilà sa vie. Quant à son caractère, il avait plus d'enjouement et de vivacité que de sensibilité. Il faut pourtant faire une exception : on sait de quelle tendresse idolâtre elle aima sa fille. C'était une belle personne, qui avait de l'esprit, de la raison, de la fierté, de la froideur : Mme de Sévigné la para de toutes les perfections. Elle l'aima tant, avec des effusions si passionnées, qu'elle ne se crut point assez payée par les manières calmes et réservées de Mme de Grignan : cette froideur où la peur du ridicule entrait avec la nature, désespérait la mère, qui s'en plaignait. Leurs réunions furent souvent orageuses : dès que Mme de Grignan était partie, la mère oubliait tout. Cette tendresse absorba toute la sensibilité de Mme de Sévigné : il ne lui en resta pas assez pour aimer son fils Charles, ce bon et honnête et dévoué garçon, comme il le méritait. Il sentit la préférence donnée à sa sœur, et ne s'en aigrit pas. Il ne resta pas non plus assez de place dans le cœur de Mme de Sévigné pour beaucoup d'amis. En dehors de son idolâtrie maternelle, deux ou trois amitiés vraies exercèrent sa puissance d'aimer : on a vite nommé Fouquet, le cardinal de Retz, Mme de La Fayette. Sa raison eut fort à faire pour soutenir sa reconnaissance dans les derniers temps de la vie du *Bien Bon*, de l'abbé de Coulanges, qui l'avait élevée.

Ses amitiés ordinaires étaient en général déterminées moins par une sympathie du cœur que par des affinités d'esprit : elle allait naturellement aux gens qui avaient en eux de quoi alimenter son intelligence, ou qui pouvaient la mettre en verve, la goûter et lui donner la réplique. Elle était fort coquette de son esprit, et cherchait les compagnies où il s'épanouissait. Jamais elle ne put rompre avec Bussy, malgré les griefs qu'elle avait contre lui, et sans aucune affection intérieure. Encore une fois, la gaieté est la marque principale de son humeur. A son entrée dans le monde elle ne donne prise aux médisants que par là : elle est trop vive et trop rieuse. Cela s'amortit avec l'âge, mais sans s'effacer jamais. Grand'mère, elle est encore ce qu'elle avait été jeune fille. Elle est spirituelle, ironique, railleuse, maligne; elle n'est point mélancolique ni sentimentale, et jamais elle ne larmoie. Si elle se fait des illusions sur sa fille à force de tendresse, elle juge ses amis, ses relations avec le sang-froid le plus clairvoyant : elle ne les ménage guère; et il lui arrive de souffrir de leurs défauts plus qu'elle n'est touchée de leur tendresse. Elle n'est guère pitoyable : il lui arrive de manquer d'humanité. Elle fait un chef-d'œuvre de narration vive et piquante sur des paysans bretons qu'on a roués : est-ce préjugé aristocratique? Peut-être, mais elle n'est pas plus tendre pour la Brinvilliers, qui est marquise, quand elle raconte qu'elle l'a vue mourir. La Brinvilliers est une empoisonneuse. Mais que d'infortunes innocentes dont elle parle avec esprit, quand les gens ne lui sont de rien!

Elle aime la nature; mais elle n'y mêle ni sentimentalité ni rêverie. Elle en tire de la joie, comme de tout. La nature lui réjouit les oreilles et les yeux par ses bruits et par ses couleurs. Un printemps, c'est du rouge, puis du vert, et en voilà assez pour l'enchanter. Elle a une finesse de sens qui ne laisse rien échapper. Elle quitte Livry et va aux Rochers : là-bas c'étaient des bois, et ici ce sont des bois. Mais non : là-bas c'était un vert, et ici c'est un autre vert : ce sont deux impressions et deux plaisirs.

Elle lisait beaucoup, et avec passion. Des romans, où elle cherche plus la surprise des grandes aventures que la douceur des beaux sentiments; des comédies : Corneille la touche plus que Racine. En général elle ne cherche pas les génies tendres. Si elle aime Virgile, c'est comme épique, ainsi que le Tasse. L'imagination fantaisiste et plaisante de l'Arioste la ravit. Elle ne s'en tient pas là : elle a l'esprit sérieux et solide; elle aime à penser. Elle a un choix de lectures qui paraîtrait austère aujourd'hui pour un homme lettré. Elle lit Quintilien, Tacite, et toute sorte d'histoires. Mais surtout elle s'attache aux philosophes et aux théologiens, non aux spéculatifs, mais aux moralistes : insatiable de Nicole, enthousiaste de Pascal, ni saint Augustin, ni Abbadie, qui n'a pas la magie du style, ne l'effrayent. De ce fonds de lectures sortent tant de réflexions sur la vie humaine, sur les mœurs et sur les passions, qui rendent ses lettres si substantielles. On a voulu la comparer, l'égaler même à Montaigne : c'est folie. Elle n'a pas l'originalité; la source des idées n'est pas en elle, tout son mérite est dans l'application.

La qualité essentielle et dominante de Mme de Sévigné, c'est l'imagination, qu'elle avait extrêmement vive. Ce qui fait de ses lettres une chose unique, c'est cela précisément : une imagination puissante de poète et d'artiste, mise au service d'un esprit féminin distingué plutôt que supérieur, et appliquée à réfléchir les plus légères impressions d'une vie assez plate, ou les événements journaliers du monde environnant. Elle n'a pas de passion au cœur en écrivant : mettons à part toujours l'amour maternel. Aussi se dégage-t-il de son style plus de lumière que de chaleur : comparez Saint-Simon et même Retz ; il y a en ceux-ci quelque chose de plus qu'une imagination qui joue. Dans Mme de Sévigné, partout apparaît cette faculté comme directrice souveraine ou même unique des pensées. Dans ses inégalités, ses vivacités d'humeur, dans ses caprices de jugement, où sa raison va à la dérive, quand elle parle de Racine ou du chocolat, dans sa dévotion, sincère assurément, sans pruderie ni fanatisme, jusque dans son affection maternelle, l'imagination domine. Elle n'a pas la piété débordante et jaillissant du fond du cœur : il faut un sermon, une lecture, pour l'échauffer, quelque chose enfin qui évoque en elle l'image des actes nécessaires ou des grandes vérités de la religion. Avec Mme de Grignan, on sait ses inquiétudes, ses chagrins, ses griefs, quand celle-ci était là : l'idée de sa fille, qu'elle avait formée dans sa fantaisie, était plus parfaite que sa fille, et elle s'émouvait d'une tendresse plus pure et moins mêlée d'amour-propre devant l'image idéale que devant la personne même de l'être adoré.

Mme de Sévigné a une puissance de se figurer les sentiments qui dépasse sa capacité immédiate et intime de sentir. Voyez l'admirable lettre sur la mort de Turenne : il y a un mois qu'elle l'a apprise quand elle la raconte avec une si pathétique simplicité. Si l'émotion naissait en elle directement du cœur, ce serait le premier jour, au choc brutal du fait, qu'elle eût écrit une lettre à faire pleurer. Au contraire, elle s'émeut plus, à mesure que les circonstances du fait lui arrivent ; il faut que son imagination s'en forme une représentation complète, et de la vision lentement élaborée jaillit le récit définitif, aussi saisissant que la réalité même. En un mot, Mme de Sévigné est artiste, et comme telle, sa personne n'est pas la mesure de son œuvre ; elle possède une faculté de représentation qui n'est pas la sensibilité, mais qui la remplace en elle et la met en jeu chez les autres ; il y a certaines émotions qu'elle ne ressent que pour les exprimer et les transmettre.

De là dérive ce don rare qu'elle a de faire sortir le pathétique des idées abstraites : c'est que son intelligence, plus active que son cœur, se saisit de la vive image que tous les objets laissent en elle, la transforme, et y fait transparaître l'universel. Lisez la lettre sur la mort de Louvois, et tant d'autres pareilles : le pathétique de Mme de Sévigné n'est pas un épanchement irrésistible de tendresse ou de sympathie sur les choses ; il naît du saisissement de voir se peindre dans les faits particuliers les grandes vérités que les livres ont fait comprendre à sa raison.

Cette force d'imagination dans un tempérament froid fait la valeur de la peinture que Mme de Sévigné a tracée de la société de son temps. Ses *Lettres* nous en sont une image merveilleusement fidèle ; toutes ces anecdotes, ces narrations charmantes ou poignantes, sont un des documents les plus sincères que l'histoire puisse consulter. Mme de Sévigné est peintre avant tout : ses tableaux ont lumière, couleur et mouvement ; la vérité s'y trouve d'autant plus, qu'elle n'a ni intensité extraordinaire de passion, ni originalité créatrice de pensée ; elle a les préjugés de son temps, et ce qu'elle ajoute parfois à la réalité, le ridicule par exemple, la déforme moins qu'il ne l'achève.

Toutes les lettres qu'elle a écrites ne nous sont pas parvenues : il s'en faut de beaucoup. De celles qui nous ont été conservées, les originaux souvent sont perdus, et les copies infidèles et tronquées. Les principaux correspondants de Mme de Sévigné sont sa fille et Bussy-Rabutin, et après eux les Guitaut, Pomponne, Mme de La Fayette, et quelques autres amis : en somme un assez petit cercle.

Elle écrivait naturellement : ce qui ne veut pas dire négligemment. Il y a peu de lettres qui soient de véritables effusions de l'âme, toutes spontanées et impossibles à contenir : celles-là seules qu'elle écrit à sa fille dans la première douleur des séparations ont ce caractère. Le plus souvent, même avec sa fille, Mme de Sévigné surveille son inspiration, choisit et fait effort pour dégager les qualités et les grâces qu'elle se connaît. Elle avait passé par l'hôtel de Rambouillet, et là on apprenait à faire des lettres, comme autour de Mademoiselle à faire des portraits, et des maximes chez Mme de Sablé. Sans prendre un ton et un style d'auteur, elle ramassait de tous côtés des matériaux qu'elle pût mettre en œuvre. Elle ne croyait pas avoir tout fait quand elle avait récolté des nouvelles et des anecdotes : il lui restait à les conter, et elle tâchait de bien conter. Elle savait fort bien quand elle réussissait, et n'était pas plus ignorante du mérite de ses *Lettres* que La Fontaine n'était irresponsable de celui de ses *Fables.* Aussi méditait-elle ses sujets ; quand le premier jet ne

la contentait pas, elle y revenait jusqu'à ce qu'elle fût arrivée à
la perfection. J'ai cité plus haut la lettre sur la mort de Turenne :
avant celle-là, elle en avait écrit dix sur le même sujet, dont plusieurs à Mme de Grignan. Elle n'avait plus rien à lui apprendre :
mais possédant enfin l'idée complète du fait avec toutes ses circonstances, elle a voulu en faire un tableau achevé et définitif.

ÉTUDES A CONSULTER SUR MADAME DE SÉVIGNÉ ET SES LETTRES

Sainte-Beuve, *Madame de Sévigné* (mai 1829), dans *Portraits
de femmes*, Garnier, in-18.

Le baron Walkenaer, *Mémoires sur la vie et les écrits de Madame de Sévigné*, Firmin-Didot, 1842-1852, 5 vol. in-18.

P. Mesnard, *Notice biographique*, au t. 1er de l'édit. Monmerqué,
Hachette, in-8°, 1862.

Boissier, *Madame de Sévigné*. Collection des Grands Écrivains
français, Hachette, in-16, 1887.

NOTE SUR LES ÉDITIONS DES LETTRES DE MADAME DE SÉVIGNÉ

Lettres à Bussy-Rabutin : dans les *Mémoires* de Bussy-Rabutin, 1696, 2 vol. in-4°; et dans ses *Lettres*, 1697, 4 vol. in-12, et *Nouvelles Lettres*, 1709, 3 vol. in-12.

Lettres à Madame de Grignan : La Haye et Rouen, 1726, 2 vol. in-12; éditions du chevalier de Perrin, Paris, 1754, t. I-IV, 1757, t. V-VI, et 1754, 8 vol. in-12.

Lettres à M. de Pomponne (Procès de Fouquet) : Amsterdam, 1756, in-12.

Lettres nouvelles ou nouvellement recouvrées de la marquise de Sévigné et de la marquise de Simiane : Paris, 1775, in-12.

Lettres inédites, publiées par Charles Millevoye, 1814, in-8°.

Mémoires de Coulanges, avec 24 *Lettres inédites de Madame de Sévigné* : publiés par Monmerqué, 1820, in-8°.

Lettres inédites de Madame de Sévigné, de sa famille et de ses amis, publiées par Monmerqué, 1827, in-8°.

Édition de la *Correspondance complète*, par Monmerqué. Collection des Grands Écrivains de la France, Hachette, in-8°, 14 vol. et 1 album, 1862 et suiv.

Lettres inédites, publiées par Ch. Capmas, 1876, 2 vol. in-8°, Hachette.

LETTRES

DE

MADAME DE SÉVIGNÉ

---

1. — APRÈS UNE SÉPARATION

A MADAME DE GRIGNAN.

A Paris, le mercredi 18ᵉ février 1671 [1].

Je vous conjure, ma chère bonne, de conserver vos yeux ;
pour les miens, vous savez qu'ils doivent finir à votre service. Vous comprenez bien, ma belle, que de la manière
dont vous m'écrivez, il faut bien que je pleure en lisant vos
lettres. Pour comprendre quelque chose de l'état où je suis
pour vous, joignez, ma bonne, à la tendresse et à l'inclina-
tion naturelle [2] que j'ai pour votre personne, la petite cir-
constance d'être persuadée [3] que vous m'aimez, et jugez
de l'excès de mes sentiments. Méchante ! pourquoi me
cachez-vous quelquefois de si précieux trésors [4] ? Vous avez

---

1. Mme de Grignan était partie
de Paris le 5 (Cf. la notice, p. vi).

2. L'adjectif, quoique au singu-
lier, se rapporte aux deux substantifs. Vaugelas recommande de
faire accorder l'adjectif joint à
deux substantifs, avec le dernier
seulement, même quand les deux

substantifs sont de différents
genres.

3. *D'être persuadée* : c'est-à-
dire, *que je suis persuadée.*

4. Mme de Grignan était froide,
et craignait le ridicule des effusions trop démonstratives. Cela
désespérait Mme de Sévigné : en

peur que je ne meure de joie; mais ne craignez-vous point aussi que je meure du déplaisir de croire voir le contraire? Je prends d'Hacqueville[1] à témoin de l'état où il m'a vue autrefois. Mais quittons ces tristes souvenirs, et laissez-moi jouir d'un bien sans lequel la vie m'est dure et fâcheuse; ce ne sont point des paroles, ce sont des vérités. Mme de Guénégaud[2] m'a mandé de quelle manière elle vous a vue pour moi : je vous conjure d'en conserver le fond; mais plus de larmes, je vous en conjure : elles ne vous sont pas si saines qu'à moi. Je suis présentement assez raisonnable; je me soutiens au besoin, et quelquefois je suis quatre ou cinq heures tout comme un autre; mais peu de chose me remet à mon premier état : un souvenir, un lieu, une parole, une pensée un peu trop arrêtée, vos lettres surtout, les miennes même en les écrivant, quelqu'un qui me parle de vous, voilà des écueils à ma constance, et ces écueils se rencontrent souvent. J'ai vu Raymond[3] chez la comtesse du Lude[4]; elle me chanta un nouveau récit[5] du ballet, il est admirable; mais si vous voulez qu'on le chante, chantez-le. Je vois Mme de Villars[6], je m'y plais, parce

1673 elle écrit à sa fille : « J'ai cru que vous aviez de l'aversion pour moi ».

1. Cf. plus bas, p. 11, n. 4.

2. Mme de Guénégaud († 1710) était la femme d'un ancien trésorier de l'Épargne, qui, poursuivi par la Chambre de justice avec d'autres financiers, avait été mis à la Bastille en 1663. Il avait dû rendre gorge.

3. Mlle Raymond était une cantatrice célèbre par sa beauté, sa belle voix, et son talent à s'accompagner sur le téorbe. (Note de l'éd. Monmerqué). — Le ballet dont elle chante un récit est la tragédie-ballet de *Psyché*, pour laquelle Molière, Corneille et Quinault avaient fourni le poème que Lulli avait mis en musique.

4. Mlle de Bouillé avait épousé Henri de Daillon, comte du Lude, grand maître de l'artillerie en 1669, qui fut fait duc en 1675. Elle mourut en 1681 : son mari se remaria un mois après avec la comtesse de Guiche.

5. « On appelle *récit* tout ce qui est chanté par une voix seule, qui se détache d'un grand chœur de musique. » (*Dict. de l'Académie* de 1694, cité par l'éd. Monmerqué).

6. C'était la femme du marquis de Villars, qui fut plus tard am-

qu'elle entre dans mes sentiments; elle vous dit mille amitiés. Mme de la Fayette[1] comprend aussi fort bien les tendresses que j'ai pour vous; elle est touchée de l'amitié que vous me témoignez. Je suis assez souvent dans ma famille, quelquefois ici le soir par lassitude, mais rarement.

J'ai vu cette pauvre Mme Amelot[2]; elle pleure bien, je m'y connois. Faites quelque mention de certaines gens dans vos lettres, afin que je leur puisse dire. J'ai vu une unique fois les Verneuil[3] et les Arpajon[4]. Je vais aux sermons des Mascaron et des Bourdaloue[5]; ils se surpassent à l'envi.

Voilà bien de mes nouvelles; j'ai fort envie de savoir des vôtres, et comme vous vous serez trouvée à Lyon; si vous y avez été belle, et quelle route vous aurez prise; si vous y aurez dit l'oraison pour M. le marquis[6], et si elle aura été

bassadeur en Espagne : elle écrivit de là des lettres fort curieuses. Le maréchal duc de Villars, le vainqueur de Denain, est son fils.

1. On connait cette amie de Mme de Sévigné et de La Rochefoucauld (née en 1634, morte en 1693), l'amie aussi et la confidente de Mme Henriette, duchesse d'Orléans, l'auteur du roman de *la Princesse de Clèves* (1678), qui est le chef-d'œuvre du genre au dix-septième siècle.

2. Son mari, Amelot, président au grand Conseil, était mort d'apoplexie il y avait 8 ou 10 jours.

5. Henri de Bourbon, duc de Verneuil, était un fils de Henri IV; il avait épousé Charlotte Séguier, fille du chancelier et veuve du duc de Sully.

4. La duchesse d'Arpajon fut plus tard dame d'honneur de la Dauphine : elle était de la maison de Beuvron.

5. Mascaron (1634-1703), oratorien, évêque de Tulle en 1671, puis d'Agen en 1679, fut un des bons prédicateurs du dix-septième siècle. Son oraison funèbre de Turenne est surtout connue. — Bourdaloue (1632-1704), jésuite, commença à prêcher en 1659 : il vint prêcher à Paris en 1669, et passa pour le plus grand prédicateur de son temps : on oublia Bossuet en l'entendant. — Cette année-là, Mascaron prêchait le carême à Saint-Gervais, paroisse de Mme de Sévigné; et Bourdaloue prêchait à Notre-Dame.

6. Mme de Grignan venait d'avoir une fille, Marie-Blanche. Elle et son mari souhaitaient vivement un fils, pour hériter du nom et du titre. Ce fils à naitre devait être *M. le marquis.*

heureuse pour votre embarquement[1]. Pour vous dire le
vrai, je ne pense à nulle autre chose. Je sais votre route,
et où vous avez couché tous les jours : vous étiez dimanche
à Lyon; vous auriez bien fait de vous y reposer quelques
jours. Du reste, il faut que je dise comme Voiture[2] : personne n'est encore mort de votre absence, hormis moi.
Ce n'est pas que le carnaval n'ait été d'une tristesse exces-
sive, vous pouvez vous en faire honneur; pour moi, j'ai
cru que c'étoit à cause de vous; mais ce n'est point assez
pour une absence comme la vôtre. J'envoie pour cette fois
cette lettre en Provence; j'embrasse M. de Grignan, et je
meurs d'envie de savoir de vos nouvelles. Dès que j'ai reçu
une lettre, j'en voudrois tout à l'heure une autre, je ne
respire que d'en recevoir[3].

Vous me dites des merveilles du tombeau de M. de Montmorency[4], et de la beauté de Mlles de Valençay[5]. Vous
écrivez extrêmement bien, personne n'écrit mieux : ne
quittez jamais le naturel, votre tour s'y est formé, et cela

1. En ce temps, on prenait à
Lyon un bateau pour descendre le
Rhône, quand on allait en Provence. C'était plus rapide et plus
commode que la voie de terre,
mais parfois dangereux : Mme de
Grignan faillit se noyer.

2. Voiture (1598-1648) a laissé
des lettres et des poésies. Il est le
meilleur et le plus original re-
présentant de l'esprit précieux. Il
était le plus bel esprit de l'hôtel
de Rambouillet.

3. Non pas comme on entend
souvent *je n'aspire qu'à en recevoir*, ce qui serait une redite;
*mais je ne respire que quand j'en
reçois.* « Vous pouvez vous représenter si je respire d'espérer que
vous allez vous rétablir. » (Éd.
Monmerqué, t. V, p. 171.)

4. Il s'agit du duc de Montmorency, maréchal de France, qui
fut décapité en 1632 à Toulouse,
pour s'être révolté contre Riche-
lieu. Sa veuve, retirée à la Visitation de Moulins, lui fit élever
dans la chapelle du couvent un
mausolée qu'on y voit encore.
Cette chapelle est actuellement
celle du Lycée.

5. La marquise de Valençay
était fille de ce Montmorency-
Boutteville qui fut décapité en
1627 pour s'être battu en duel
malgré les édits. Elle eut quatre
filles, dont une fut religieuse à la
Visitation de Moulins. Mme de
Grignan avait rencontré la mère
et les filles auprès du tombeau
du duc, qui était le chef de leur
maison.

compose un style parfait. J'ai fait vos compliments à M. de la Rochefoucauld[1] et à Mme de la Fayette et à Langlade[2] : tout cela vous estime, vous aime et vous sert en toute occasion. Pour d'Hacqueville, nous ne parlons que de vous. J'ai ri de votre folie sur la confiance; je la comprends bien : mais quel hasard, et que cela est malheureux, qu'il se soit trouvé que tout ce que vous avez voulu savoir du Coadjuteur[3] et lui de vous ait été précisément des choses dont vous n'étiez point les maîtres! Vos chansons m'ont paru jolies; j'en ai reconnu les styles.

Ah! ma bonne, que je voudrois bien vous voir un peu, vous entendre, vous embrasser, vous voir passer, si c'est trop que le reste! Eh bien, par exemple, voilà de ces pensées à quoi je ne résiste pas. Je sens qu'il m'ennuie de ne plus vous avoir : cette séparation me fait une douleur au cœur et à l'âme, que je sens comme un mal du corps. Je ne puis assez vous remercier de toutes les lettres que vous m'avez écrites sur le chemin : ces soins sont trop aimables, et font bien leur effet aussi; rien n'est perdu avec moi. Vous m'avez écrit de partout; j'ai admiré votre bonté; cela ne se fait point sans beaucoup d'amitié; sans cela on seroit plus aise de se reposer et de se coucher; ce m'a été une consolation grande. L'impatience que j'ai d'en avoir encore et de Rouane[4] et de Lyon et de votre embarquement, n'est pas médiocre; et si vous avez descendu au

---

1. François VI, duc de La Rochefoucauld (1615 - 1689), fut mêlé à la Fronde. Il a laissé des *Mémoires*, et ces admirables *Maximes*, où il nous découvre toutes les amertumes d'une âme désabusée, à qui la vie a ôté la foi en la vertu et au désintéressement.

2. Langlade avait été secrétaire du cabinet de Mazarin. Il était lié avec les Grignan et s'occupait de leurs affaires.

3. Jean-Baptiste-Adhémar de Monteil de Grignan, frère du comte de Grignan, fut abbé d'Aiguebelle, évêque de Claudiopolis (*in partibus*), et coadjuteur de son oncle l'archevêque d'Arles.

4. Roanne.

Pont[1], et de votre arrivée à Arles, et comme vous avez trouvé ce furieux Rhône en comparaison de notre pauvre Loire, à qui vous avez tant fait de civilités. Que vous êtes honnête de vous en être souvenue comme d'une de vos anciennes amies! Hélas! de quoi ne me souviens-je point? Les moindres choses me sont chères; j'ai mille dragons[2]. Quelle différence! je ne revenois jamais ici sans impatience et sans plaisir : présentement j'ai beau chercher, je ne vous trouve plus; mais comment peut-on vivre quand on sait que quoi qu'on fasse, on ne retrouvera plus une si chère enfant? Je vous ferai bien voir si je la souhaite, par le chemin que je ferai pour la retrouver. J'ai reçu une lettre de M. de Grignan. Il n'y en a point pour vous. Il me mande qu'il reviendra cet hiver : vous quittera-t-il, ou le suivrez-vous? Mais dans cette incertitude louerai-je votre appartement? On est tous les jours sur le point d'en conclure le marché. Faites-moi réponse.

Mme de Verneuil, Mme d'Arpajon, Mmes de Villars, de Saint-Géran[3], M. de Guitaut, sa femme[4], la Comtesse[5], M. de la Rochefoucauld, M. de Langlade, Mme de la Fayette, ma tante, ma cousine, mes oncles, mes cousins, mes cousines, Mme de Vauvineux[6], tout cela vous baise les mains mille et mille fois.

1. Au Pont-Saint-Esprit (auj. départ. du Gard, à 33 kil. N.-E. d'Uzès). Le pont est du treizième siècle. — Vous noterez la libre construction de la phrase.

2. Mot particulier à Mme de Sévigné, et qu'elle emploie fréquemment : *souci, tourment d'esprit.*

3. Mme de Saint-Géran était parente des Villars; elle fut dame du palais de la reine.

4. Le comte de Guitaut (de la maison de Comminges) et sa femme étaient de grands amis de Mme de Sévigné et ses proches voisins. Le Guitaut qui arrêta Condé était l'oncle maternel à la mode de Bretagne de celui-ci.

5. Probablement la comtesse de Fiesque, dame d'honneur de la Grande Mademoiselle.

6. La comtesse douairière de Vauvineux était une voisine des Guitaut et de Mme de Sévigné, rue de Thorigny. — Pour les parents nommés ici, la *tante* est Henriette de Coulanges, veuve du marquis de la Trousse; la *cousine*

Je vois tous les jours votre fille, ce qui s'appelle à l'âtre[1]. Je veux qu'elle soit droite, voilà mon soin : cela seroit plaisant d'être votre fille et de M. de Grignan, et qu'elle ne fût pas bien faite. Je suis habile, j'ai même des précautions inutiles.

Je vis hier Mme du Puy-du-Fou[2], qui vous salue; j'ai vu aussi Mme de Janson[3] et une Mme le Blanc[4]. Ce qui a rapport à vous de cent lieues loin m'est plus agréable qu'autre chose. Mon Dieu! le Rhône! vous y êtes présentement. Je ne pense à autre chose! J'embrasse vos pauvres filles[5].

est Mlle de Méri (fille de Mme de la Trousse), une malade, de caractère difficile, fort liée avec Mme de Grignan ; les *oncles* sont Christophe de Coulanges, abbé de Livry, dont elle a parlé si souvent et qui l'avait élevé, et ses deux frères, les seigneurs de Chesières et de Saint-Aubin ; ses *cousins* et *cousines* sont Emmanuel de Coulanges, sa femme, et sa sœur mariée au comte de Sanzei.

1. La petite Marie-Blanche, née le 15 nov. 1670 : Mme de Sévigné l'avait gardée auprès d'elle, elle l'appelait ses *petites entrailles*. Elle fut faite à 16 ans et demi religieuse à la Visitation d'Aix. — *A l'âtre* : quand on la déshabille et lui change ses langes devant le feu.

2. Elle était de la famille de Bellièvre, et mère de la seconde femme de M. de Grignan avec qui elle était restée en fort bons termes.

3. C'était la belle - sœur de l'évêque de Marseille, avec qui le comte de Grignan eut tant de démêlés, en défendant les droits de sa charge de lieutenant-général.

4. La phrase suivante montre que cette dame était des connaissances de Mme de Grignan : en 1679 nous voyons les Grignan en affaires avec un certain Le Blanc.

5. Les deux filles que M. de Grignan avait eues de ses deux premiers mariages.

2. — LA MORT DE VATEL

À MADAME DE GRIGNAN.

A Paris, ce dimanche 26° avril 1671.

Il est dimanche 26° avril; cette lettre ne partira que mercredi[1]; mais ceci n'est pas une lettre, c'est une relation que vient de me faire Moreuil[2], à votre intention, de ce qui s'est passé à Chantilly[3] touchant Vatel[4]. Je vous écrivis vendredi qu'il s'étoit poignardé : voici l'affaire en détail. Le Roi arriva jeudi au soir[5]; la chasse, les lanternes, le clair de la lune, la promenade, la collation dans un lieu tapissé de jonquille[6], tout cela fut à souhait. On soupa : il y eut quelques tables où le rôti manqua, à cause de plusieurs dîners où l'on ne s'étoit point attendu. Cela

1. L'*ordinaire* de Marseille partait de Paris les mercredis et les vendredis.

2. Alphonse de Moreuil, seigneur de Liomer, était premier gentilhomme de la chambre du prince de Condé.

3. Chantilly, à dix lieues de Paris, avait appartenu aux Montmorency, et était depuis 1632 aux princes de Condé. Ce domaine magnifique a été légué récemment par le duc d'Aumale, héritier du dernier prince de Condé, à l'Académie française.

4. Vatel ou Watel avait été maître d'hôtel de Fouquet. Il était devenu maître d'hôtel, ou, comme dit Gourville, « contrôleur » chez le prince de Condé. Dans sa lettre du vendredi précédent, Mme de Sévigné le désignait en ces termes :

« Vatel; le grand Vatel..., cet homme d'une capacité si distinguée de toutes les autres, dont la bonne tête était capable de soutenir tout le soin d'un État.... »

5. Le roi était parti de Saint-Germain le 23 avril, et était venu coucher à Chantilly. Il allait visiter les places du Nord, que Vauban était occupé à fortifier.

6. La jonquille, fleur odoriférante, était très à la mode. « On fait des parfums, des poudres, des pommades, des eaux, des essences de jonquilles. *Des gants de jonquille* : ce sont des gants parfumés avec des jonquilles. » (Furetière, *Dictionnaire universel*.) — « Il y aura pour mille écus de jonquilles », avait écrit Mme de Sévigné annonçant les préparatifs de la réception du roi.

saisit Vatel ; il dit plusieurs fois : « Je suis perdu d'honneur; voici un affront que je ne supporterai pas. » Il dit à Gourville[1] : « La tête me tourne, il y a douze nuits que je n'ai dormi; aidez-moi à donner des ordres. » Gourville le soulagea en ce qu'il put. Ce rôti qui avoit manqué, non pas à la table du Roi, mais aux vingt-cinquièmes[2], lui revenoit toujours à la tête. Gourville le dit à Monsieur le Prince. Monsieur le Prince alla jusque dans sa chambre, et lui dit : « Vatel, tout va bien, rien n'étoit si beau que le souper du Roi. » Il lui dit : « Monseigneur, votre bonté m'achève; je sais que le rôti a manqué à deux tables. — Point du tout, dit Monsieur le Prince, ne vous fâchez point, tout va bien. » La nuit vient : le feu d'artifice ne réussit pas, il fut couvert d'un nuage; il coûtoit seize mille francs. A quatre heures du matin, Vatel s'en va par-

1. Gourville (1625-1703) était l'homme d'affaires de M. le Prince, qui avait en lui une confiance entière. De laquais de M. de la Rochefoucauld, il s'était élevé par son activité, son intelligence point trop embarrassée de scrupules, et sa fidélité très exacte à ses maîtres ou amis; il fut fait conseiller d'État en 1660; il avait donné de lui une si haute idée qu'il fut question de lui une fois pour l'emploi de contrôleur général des finances. Il a laissé de curieux *Mémoires*.

2. « Jamais il ne s'est fait tant de dépenses au triomphe des Empereurs qu'il y en aura là : rien ne coûte; on reçoit toutes les belles imaginations sans regarder à l'argent. On croit que M. le Prince n'en sera pas quitte pour quarante mille écus. Il faut quatre repas : il y aura vingt-cinq tables servies à cinq services, sans compter une infinité d'autres qui surviendront. Il nourrit tout, c'est-à-dire nourrir la France et la loger. Tout est meublé : de petits endroits qui ne servaient qu'à mettre des arrosoirs deviennent des chambres de courtisans. » Les prévisions de Mme de Sévigné furent dépassées. Selon la *Gazette*, citée dans l'éd. Monmerqué, il y eut quatre tables principales : la première pour le Roi et Monsieur qui mangeaient seuls; la seconde tenue par le prince de Condé; la troisième par le duc d'Enghien; la quatrième par le duc de Longueville; et *cinquante-six* autres tables. Toutes ces tables étaient établies sur la pelouse, sous des tentes. La fête, d'après Gourville, coûta plus de 180000 livres au prince de Condé.

tout, il trouve tout endormi, il rencontre un petit pourvoyeur qui lui apportoit seulement deux charges de marée; il lui demanda : « Est-ce là tout? » Il lui dit : « Oui, Monsieur. » Il ne savoit pas que Vatel avoit envoyé à tous les ports de mer. Il attend quelque temps; les autres pourvoyeurs ne viennent point; sa tête s'échauffoit, il croit qu'il n'aura point d'autre marée; il trouve Gourville, et lui dit : « Monsieur, je ne survivrai pas à cet affront-ci; j'ai de l'honneur et de la réputation à perdre. » Gourville se moqua de lui. Vatel monte à sa chambre, met son épée contre la porte, et se la passe au travers du cœur; mais ce ne fut qu'au troisième coup, car il s'en donna deux qui n'étoient pas mortels : il tombe mort. La marée cependant arrive de tous côtés[1]; on cherche Vatel pour la distribuer; on va à sa chambre; on heurte, on enfonce la porte; on le trouve noyé dans son sang; on court à Monsieur le Prince, qui fut au désespoir. Monsieur le Duc[2] pleura : c'étoit sur Vatel que rouloit tout son voyage de Bourgogne. Monsieur le Prince le dit au Roi fort tristement : on dit que c'étoit à force d'avoir de l'honneur en sa manière; on le loua fort, on loua et blâma son courage. Le Roi dit qu'il y avoit cinq ans qu'il retardoit de venir à Chantilly, parce qu'il comprenoit l'excès de cet embarras. Il dit à Monsieur le Prince qu'il ne devoit avoir que deux tables et ne se point charger de tout le reste. Il jura qu'il ne souffriroit plus que Monsieur le Prince en usât ainsi; mais c'étoit trop tard pour le pauvre Vatel.

1. La *Gazette* raconte que le samedi 25, Leurs Majestés *ayant ouï messe au château* furent traitées ainsi que le jour précédent, *avec une quantité prodigieuse de poisson*, le plus beau et le mieux apprêté.

2. Le duc d'Enghien, fils du prince de Condé (voyez p. 18 et n. 2). Il devait aller bientôt présider les États de Bourgogne pour son père, qui était gouverneur de la province. Il comptait sur Vatel pour s'illustrer dans cette occasion par le bel ordre et la magnificence de sa représentation.

Cependant Gourville tâche de réparer la perte de Vatel; elle le fut[1] : on dîna très-bien, on fit collation, on soupa, on se promena, on joua, on fut à la chasse; tout étoit parfumé de jonquilles, tout étoit enchanté. Hier, qui étoit samedi, on fit encore de même; et le soir, le Roi alla à Liancourt[2], où il avoit commandé un *medianoche*[5]: il y doit demeurer aujourd'hui. Voilà ce que m'a dit Moreuil, pour vous mander. Je jette mon bonnet par-dessus le moulin, et je ne sais rien du reste. M. d'Hacqueville[4], qui étoit à tout cela, vous fera des relations sans doute; mais comme son écriture n'est pas si lisible que la mienne, j'écris toujours. Voilà bien des détails, mais parce que je les aimerois en pareille occasion, je vous les mande.

1. Négligence incorrecte. Il faudrait écrire : *elle fut réparée.*

2. C'était une des plus belles terres de France, à quelques lieues de Chantilly. La duchesse de Liancourt, Jeanne de Schomberg (morte en 1674), « avait donné de sa main les dessins des jardins et des machines (pour les jets d'eau) ». La Fontaine a nommé Liancourt à côté de Vaux, au-dessus de quoi il n'y avait rien.

5. *Medianoche* : « terme, dit l'Académie (*Dict.*, éd. 1694), qui a passé de l'espagnol dans le français pour signifier un repas en viande qui se fait immédiatement après minuit sonné, lorsqu'un jour maigre est suivi d'un jour gras ». (Cité par l'éd. Monmerqué.)

4. M. d'Hacqueville († 1678), conseiller du roi et abbé, ami dévoué du cardinal de Retz dont il avait été le camarade de collège, fut très lié avec Mme de Sévigné. Il était plus officieux qu'agréable; son amitié, disait Mme de Sévigné, valait mieux que son commerce. Il lui était entièrement dévoué.

3. — LES FOINS

À COULANGES [1],

Aux Rochers, 22° juillet 1671 [2].

Ce mot sur la semaine est par-dessus le marché de vous écrire seulement tous les quinze jours, et pour vous donner avis, mon cher cousin, que vous aurez bientôt l'honneur de voir Picard; et comme il est frère du laquais de Mme de Coulanges, je suis bien aise de vous rendre compte de mon procédé. Vous savez que Mme la duchesse de Chaulnes est à Vitré; elle y attend le duc, son mari, dans dix ou douze jours, avec les états de Bretagne [3]: vous croyez que j'extravague; elle attend donc son mari avec tous les états, et en attendant, elle est à Vitré toute seule, mourant d'ennui. Vous ne comprenez pas que cela puisse jamais revenir à Picard: elle meurt donc d'ennui; je suis sa seule consolation, et vous croyez bien que je l'emporte d'une grande hauteur sur Mlles de Kerbone et

1. Emmanuel de Coulanges (1633-1716) était un cousin germain et un grand ami de Mme de Sévigné. Il était depuis 1659 conseiller au Parlement de Paris; il devint en 1672 maître des requêtes, et se défit d'assez bonne heure de cette charge. Il était fameux par ses bons mots et ses chansons. Il avait épousé une femme de beaucoup d'esprit, Marie-Angélique du Gué.

2. Mme de Sévigné était à sa terre des Rochers, près de Vitré, depuis la fin de mai.

3. Elisabeth le Feron, fille d'un conseiller au Parlement, veuve du marquis de Saint-Mégrin, s'était remariée en 1655 avec le duc de Chaulnes, neveu du connétable de Luynes, et gouverneur de Bretagne. — Un certain nombre de provinces (Languedoc, Provence, Bretagne, etc.) avaient conservé leurs États après la réunion à la couronne. C'était un reste d'autonomie plus apparent que réel. La grande affaire de ces États, avec les fêtes et banquets, était de voter un don considérable au Roi; et si la somme était forte, le gouverneur en était mieux en cour.

de Kerqueoison[1]. Voici un grand circuit, mais pourtant nous arriverons au but. Comme je suis donc sa seule consolation, après l'avoir été voir, elle viendra ici, et je veux qu'elle trouve mon parterre net et mes allées nettes, ces grandes allées que vous aimez. Vous ne comprenez pas encore où cela peut aller; voici une autre petite proposition incidente : vous savez qu'on fait les foins; je n'avois pas d'ouvriers; j'envoie dans cette prairie, que les poëtes ont célébrée, prendre tous ceux qui travailloient, pour venir nettoyer ici : vous n'y voyez encore goutte; et, en leur place, j'envoie tous mes gens faner. Savez-vous ce que c'est que faner? Il faut que je vous l'explique : faner est la plus jolie chose du monde, c'est retourner du foin en batifolant dans une prairie; dès qu'on en sait tant, on sait faner. Tous mes gens y allèrent gaiement; le seul Picard me vint dire qu'il n'iroit pas, qu'il n'étoit pas entré à mon service pour cela, que ce n'étoit pas son métier; et qu'il aimoit mieux s'en aller à Paris. Ma foi! la colère me monte à la tête. Je songeai que c'étoit la centième sottise qu'il m'avoit faite; qu'il n'avoit ni cœur, ni affection; en un mot, la mesure étoit comble. Je l'ai pris au mot, et quoi qu'on m'ait pu dire pour lui, je suis demeurée ferme comme un rocher, et il est parti. C'est une justice de traiter les gens selon leurs bons ou mauvais services. Si vous le revoyez, ne le recevez point, ne le protégez point, ne me blâmez point, et songez que c'est le garçon du monde qui aime le moins à faner, et qui est le plus indigne qu'on le traite bien.

Voilà l'histoire en peu de mots. Pour moi, j'aime les narrations où l'on ne dit que ce qui est nécessaire, où l'on ne s'écarte point ni à droite, ni à gauche, où l'on ne

1. Dans une autre lettre, Mme de Sévigné appelle comique- ment les mêmes personnes Ker- borgne et Croque-oison.

reprend point les choses de si loin[1]; enfin je crois que c'est ici, sans vanité, le modèle des narrations agréables.

---

4. LA GUERRE ET LES MÈRES

A MADAME DE GRIGNAN.

A Paris, 20e juin 1672.

Il m'est impossible de me représenter l'état où vous avez été, ma bonne, sans une extrême émotion, et quoique je sache que vous en êtes quitte, Dieu merci, je ne puis tourner les yeux sur le passé sans une horreur qui me trouble. Hélas! que j'étois mal instruite d'une santé qui m'est si chère! Qui m'eût dit en ce temps-là : «Votre fille est plus en danger que si elle étoit à l'armée?» Hélas! j'étois bien loin de le croire, ma pauvre bonne. Faut-il donc que je trouve cette tristesse avec tant d'autres qui se trouvent présentement dans mon cœur? Le péril extrême où se trouve mon fils, la guerre[2] qui s'échauffe tous les jours, les courriers qui n'apportent plus que la mort de quelqu'un de nos amis ou de nos connoissances et qui peuvent apporter pis, la crainte qu'on a des mauvaises nouvelles et la curiosité qu'on a de les apprendre, la dé-

---

1. Elle donne ici toutes les règles de la narration, dont elle s'est divertie à prendre le contrepied. — Cette lettre circula et eut un grand succès. En 1673 Mme de Thianges l'envoyait demander à Mme de Sévigné : voilà comment se fit sa réputation pour ses lettres longtemps avant qu'on songeât à les imprimer.

2. La guerre de Hollande. — Sur son fils, cf. *Notice*, p. vi. Il servait en Allemagne et ne fut pas au passage du Rhin.

solation de ceux qui sont outrés de douleur, avec qui je passe une partie de ma vie; l'inconcevable état de ma tante[1], et l'envie que j'ai de vous voir : tout cela me déchire et me tue, et me fait mener une vie si contraire à mon humeur et à mon tempérament, qu'en vérité il faut que j'aie une bonne santé pour y résister.

Vous n'avez jamais vu Paris comme il est. Tout le monde pleure, ou craint de pleurer. L'esprit tourne à la pauvre Mme de Nogent[2]. Mme de Longueville[3] fait fendre le cœur, à ce qu'on dit : je ne l'ai point vue, mais voici ce que je sais. Mlle de Vertus[4] étoit retournée depuis deux jours au Port-Royal, où elle est presque toujours. On est allé là querir avec M. Arnauld[5], pour dire cette terrible nouvelle. Mlle de Vertus n'avoit qu'à se montrer : ce retour si précipité marquoit bien quelque chose de funeste. En effet, dès qu'elle parut : « Ah, Mademoiselle! comme se porte Monsieur mon frère[6]? » Sa pensée n'osa aller plus loin. « Madame, il se porte bien de sa blessure. — Il y a eu un combat. Et mon fils? » On ne lui répondit rien. « Ah! Mademoiselle, mon fils, mon cher enfant, est-il mort? — Madame, je n'ai point de paroles pour vous

1. Elle mourut le 1ᵉʳ juillet, après une longue maladie, qui avait retenu Mme de Sévigné à Paris pendant cet été.

2. Mme de Nogent (1632-1720) était la sœur du fameux Lauzun. Son mari, maréchal de camp et maitre de la garde-robe, venait d'être tué au passage du Rhin.

3. La sœur du prince de Condé, l'héroïne de la Fronde, maintenant retirée, pénitente et janséniste (née en 1619, morte en 1679). Elle vivait tantôt à Port-Royal des Champs, et tantôt aux Carmélites de la rue Saint-Jacques.

4. Mlle de Bretagne de Vertus, sœur de la duchesse de Montbazon, avait beaucoup contribué à donner Mme de Longueville au jansénisme.

5. Le grand Antoine Arnauld (1612-1694), le défenseur obstiné du jansénisme, l'un des auteurs de la *Logique de Port-Royal*, qui passa sa vie à lutter contre les ennemis de la foi, jésuites, protestants, Malebranche, et qui donna occasion à Pascal d'écrire les *Provinciales*.

6. Le grand Condé.

répondre. — Ah! mon cher fils![1] est-il mort sur-le-champ?
N'a-t-il pas eu un seul moment? Ah! mon Dieu! quel sacri-
fice! » Et là-dessus elle tombe sur son lit; et tout ce que
la plus vive douleur put faire, et par des convulsions, et
par des évanouissements, et par un silence mortel, et par
des cris étouffés, et par des larmes amères, et par des
élans vers le ciel, et par des plaintes tendres et pitoyables,
elle a tout éprouvé. Elle voit certaines gens[2]. Elle prend
des bouillons parce que Dieu le veut. Elle n'a aucun repos.
Sa santé, déjà très-mauvaise, est visiblement altérée.
Pour moi, je lui souhaite la mort, ne comprenant pas
qu'elle puisse vivre après une telle perte.

Il y a un homme[3] dans le monde qui n'est guère
moins touché; j'ai dans la tête que s'ils s'étoient rencon-
trés tous deux dans ces premiers moments, et qu'il n'y
eût eu que le chat avec eux, je crois que tous les autres
sentiments auroient fait place à des cris et à des larmes,
qu'on auroit redoublés de bon cœur : c'est une vision.
Mais enfin quelle affliction ne montre point notre grosse
marquise d'Uxelles[4] sur le pied de la bonne amitié! Toute
sa pauvre maison revient; et son écuyer, qui vint hier,
ne paroît pas un homme raisonnable. Cette mort efface
les autres.

<hr>

1. Charles Paris d'Orléans, comte
de Saint-Paul, second fils de
Mme de Longueville, était né en
1649 à l'Hôtel de Ville, où sa mère
pendant la Fronde s'était installée.
Son frère aîné était entré dans les
ordres.

2. Les jansénistes, Arnauld et
Nicole surtout. Quoique l'on fût
dans le temps qu'on a appelé la
paix de l'Église, cependant l'ini-
mitié des jésuites et l'aversion
du roi à l'égard de Port-Royal
n'avaient pas cessé. Et Mme de

Sévigné craignait que ses lettres
ne fussent ouvertes ou ne circu-
lassent.

3. Le duc de la Rochefoucauld;
c'était pour Mme de Longueville
qu'il s'était jeté dans la Fronde.
Il avait eu un fils tué et un autre
blessé dans la même affaire : mais
on donnait à entendre que la
mort du comte de Saint-Paul
l'affligeait plus que tout.

4. Cette grosse marquise était
deux fois veuve, du marquis de
Nangis, puis du marquis d'Uxelles.

Un courrier d'hier au soir apporte la mort du comte du Plessis[1], qui faisoit faire un pont. Un coup de canon l'a emporté. On assiége Arnheim[2] : on n'a pas attaqué le fort de Schenk parce qu'il y a huit mille hommes dedans. Ah ! que ces beaux commencements seront suivis d'une fin tragique pour bien des gens ! Dieu conserve mon pauvre fils ! Il n'a pas été de ce passage. S'il y avoit quelque chose de bon à un tel métier, ce seroit d'être attaché à une charge, comme il est[3]. Mais la campagne n'est point finie.

Au milieu de nos chagrins, la description que vous me faites de Mme Colonne[4] et de sa sœur est une chose divine ; elle réveille malgré qu'on en ait ; c'est une peinture admirable. La comtesse de Soissons et Mme de Bouillon sont en furie contre ces folles, et disent qu'il les faut enfermer ; elles se déclarent fort contre cette extravagante folie. On ne croit pas aussi que le Roi veuille fâcher M. le connétable, qui est assurément le plus grand seigneur de Rome. En attendant, nous les verrons arriver

---

1. C'était le fils d'un maréchal de France, de la maison de Choiseul-Praslin.

2. Capitale de la Gueldre, sur le Rhin. — Le fort de Schenk, à la fourche du Wahal et du Rhin, fut pris après la capitulation d'Arnheim.

3. Il était guidon des gendarmes de M. le Dauphin : ce qui lui interdisait d'aller s'exposer en volontaire, comme la plupart de ceux qui venaient de se faire tuer.

4. La connétable Colonna était cette nièce de Mazarin, Marie Mancini, que Louis XIV un moment voulut épouser. Sa sœur était Hortense Mancini, duchesse de Mazarin, qui était allée la retrouver à Rome l'année précédente, laissant son mari en France, et qui passa la fin de sa vie en Angleterre. La comtesse de Soissons et la duchesse de Bouillon étaient leurs sœurs, l'une Olympe Mancini qui fut compromise dans l'affaire des poisons et alla vivre à Bruxelles, l'autre Marie-Anne Mancini, qui protégea La Fontaine, mais, hélas ! aussi Pradon. La connétable Colonna et la duchesse de Mazarin venaient de faire un coup de tête : elles étaient venues à Aix où on les avait arrêtées déguisées en hommes.

comme Mlle de l'Étoile[1] : la comparaison est admirable.

Voilà des relations; il n'y en a pas de meilleures. Vous verrez dans toutes que M. de Longueville est cause de sa mort et de celle des autres, et que Monsieur le Prince a été père uniquement dans cette occasion, et point du tout général d'armée[2]. Je disois hier, et l'on m'approuva, que si la guerre continue, Monsieur le Duc[3] sera la cause de la mort de Monsieur le Prince; son amour pour lui passe toutes ses autres passions. La Marans[4] est abîmée; elle dit qu'elle voit bien qu'on lui cache les nouvelles, et qu'avec M. de Longueville, Monsieur le Prince et Monsieur le Duc sont morts aussi; et qu'on lui dise, et qu'au nom de Dieu on ne l'épargne point; qu'aussi bien elle est dans un état qu'il est inutile de ménager. Si on pouvoit rire, on riroit. Hélas! si elle savoit combien on songe peu à lui cacher quelque chose, et combien chacun est occupé de ses douleurs et de ses craintes, elle ne croiroit pas qu'on eût tant d'application à la tromper.

Mon Dieu, ma bonne, j'ai oublié de vous dire que votre M. de Laurens[5] vous porte un petit paquet que je vous

---

1. Comédienne, héroïne du *Roman comique* de Scarron.

2. « A peine, dit Louis XIV, le prince de Condé se fut aperçu de l'absence de son fils et de celle du duc de Longueville, qu'oubliant pour ainsi dire, et si l'on ose ainsi parler du plus grand homme du monde, son caractère de général, et s'abandonnant tout entier aux mouvements du sang et de l'amitié tendre qu'il portait à son fils et à son neveu, il accourut, ou pour les empêcher de s'engager légèrement, ou pour les retirer du mauvais pas où leur courage et leur peu d'expérience auraient pu les embarquer. » (Cité par l'éd. Monmerqué).

3. Cf. lettre II, p. 10, n. 2.

4. Françoise de Montallais, veuve du comte de Marans, grand échanson de France, est traitée comme une folle et ridicule personne par Mme de Sévigné, qui la désigne parfois par le sobriquet de *Merlusine*. Elle se fit dévote, et en fut toute transformée, de façon à enchanter Mme de Sévigné.

5. Le prévôt de Laurens retournait en Provence.

donne ; mais c'est de si bon cœur, et il me semble qu'il est si bien choisi, que si vous pensez me venir faire des prônes et des discours et des refus, vous me fâcherez et vous me décontenancerez au dernier point.

Les nouvelles que je vous mande sont d'original : c'est de Gourville[1] qui étoit avec Mme de Longueville, quand elle a reçu la nouvelle. Tous les courriers viennent droit à lui. M. de Longueville avoit fait son testament avant que de partir. Savez-vous où l'on mit le corps de M. de Longueville? Dans le même bateau où il avoit passé tout vivant. Deux heures après, Monsieur le Prince le fit mettre près de lui, couvert d'un manteau, dans une douleur sensible. Il étoit blessé aussi[2], et plusieurs autres, de sorte que ce retour est la plus triste chose du monde. Ils sont dans une ville au deça du Rhin, qu'ils ont passé pour se faire panser. On dit que le chevalier de Montchevreuil, qui étoit à M. de Longueville, ne veut pas qu'on le panse d'une blessure[3] qu'il a eue auprès de lui.

J'ai reçu une lettre de mon fils. Il n'étoit pas à cette première expédition ; mais il sera d'une autre : peut-on trouver quelque sûreté dans un tel métier? Il est sensiblement touché de M. de Longueville. Je vous conseille d'écrire à M. de la Rochefoucauld sur la mort de son chevalier et sur la blessure de M. de Marsillac. J'ai vu son cœur à découvert dans cette cruelle aventure; il est au premier rang de ce que j'ai jamais vu de courage, de mérite, de tendresse et de raison. Je compte pour rien son esprit et son agrément. Je ne m'amuserai point aujourd'hui à vous dire combien je vous aime. J'embrasse M. de Grignan et le Coadjuteur[4].

---

1. Cf. plus haut, p. 9 et n. 1.　3. Il en mourut.
2. Fort légèrement.　4. Cf. p. 5, n. 3.

A dix heures du soir.

Il y a deux heures que j'ai fait mon paquet, et en revenant de la ville je trouve la paix faite, selon une lettre qu'on m'a envoyée[1]. Il est aisé de croire que toute la Hollande est en alarme et soumise : le bonheur du Roi est au-dessus de tout ce qu'on a jamais vu. On va commencer à respirer ; mais quel redoublement de douleur à Mme de Longueville, et à ceux qui ont perdu leurs chers enfants ! J'ai vu le maréchal du Plessis, il est très-affligé, mais en grand capitaine. La maréchale pleure amèrement, et la Comtesse[2] est fâchée de n'être point duchesse ; et puis c'est tout. Ah ! ma fille, sans l'emportement de M. de Longueville, songez que nous aurions la Hollande, sans qu'il nous en eût rien coûté.

---

5. — LA MORT DE TURENNE

A MADAME DE GRIGNAN.

A Paris, mercredi 28° août 1675.

Si l'on pouvoit écrire tous les jours, je le trouverois fort bon ; et souvent je trouve le moyen de le faire, quoique mes lettres ne partent pas. Le plaisir d'écrire est uniquement pour vous ; car à tout le reste du monde, on vou-

---

1. Malheureusement c'était une fausse nouvelle ; et cette funeste guerre dura jusqu'en 1678.
2. La comtesse du Plessis aurait été duchesse, si son mari avait survécu à son père le maréchal. Elle fut du moins marquise, s'étant remariée à M. de Clérembault.

droit avoir écrit, et c'est parce qu'on le doit. Vraiment, ma fille, je m'en vais bien vous parler encore de M. de Turenne[1]. Mme d'Elbeuf[2], qui demeure pour quelques jours chez le cardinal de Bouillon, me pria hier de dîner avec eux deux, pour parler de leur affliction. Mme de la Fayette y étoit. Nous fîmes bien précisément ce que nous avions résolu : les yeux ne nous séchèrent pas. Elle avoit un portrait divinement bien fait de ce héros, et tout son train étoit arrivé à onze heures : tous ces pauvres gens étoient fondus en larmes, et déjà tous habillés de deuil. Il vint trois gentilshommes qui pensèrent mourir de voir ce portrait : c'étoient des cris qui faisoient fendre le cœur; ils ne pouvoient prononcer une parole; ses valets de chambre, ses laquais, ses pages, ses trompettes, tout étoit fondu en larmes et faisoit fondre les autres. Le premier qui put prononcer une parole répondit à nos tristes questions : nous nous fîmes raconter sa mort. Il vouloit se confesser le soir[3], et en se cachotant il avoit donné les ordres pour le soir, et devoit communier le lendemain, qui étoit le dimanche. Il croyoit donner la bataille, et monta à cheval à deux heures le samedi, après avoir mangé. Il avoit bien des gens avec lui : il les laissa tous à trente pas de la hauteur où il vouloit aller. Il dit au petit d'Elbeuf[4] : « Mon neveu, demeurez là, vous ne faites que tourner autour de moi, vous me feriez reconnoître ». Il trouva M. d'Hamilton[5] près de l'endroit où il alloit, qui lui dit : « Monsieur;

---

1. Turenne avait été tué à Salzbach : la nouvelle de sa mort était arrivée à Versailles le 29 juillet 1675.

2. Elisabeth de la Tour, nièce de Turenne, sœur du cardinal de Bouillon, avait épousé le duc d'Elbeuf, de la maison de Lorraine.

3. Turenne, né protestant, avait été converti par Bossuet, et par l'espérance d'être connétable, qui ne se réalisa pas.

4. Fils de Mme d'Elbeuf, il n'avait que 14 ans, et plaisait fort à son oncle par son courage.

5. Maréchal de camp, tué en 1676.

venez par ici; on tirera où vous allez. — Monsieur, lui dit-
il, je m'y en vais: je ne veux point du tout être tué aujour-
d'hui; cela sera le mieux du monde. » Il tournoit son cheval, il aperçut Saint-Hilaire[1], qui lui dit le chapeau à la
main : « Jetez les yeux sur cette batterie que j'ai fait
mettre là ». Il retourne deux pas, et sans être arrêté il reçut
le coup qui emporta le bras et la main qui tenoient le chapeau de Saint-Hilaire, et perça le corps après avoir fracassé
le bras de ce héros. Ce gentilhomme le regardoit toujours;
il ne le voit point tomber; le cheval l'emporta où il avoit
laissé le petit d'Elbeuf; il n'étoit point encore tombé, mais
il étoit penché le nez sur l'arçon : dans ce moment, le cheval s'arrêta, il tombe entre les bras de ses gens; il ouvrit
deux fois de grands yeux et la bouche et puis demeura
tranquille pour jamais : songez qu'il étoit mort et qu'il
avoit une partie du cœur emportée. On crie, on pleure;
M. d'Hamilton fait cesser ce bruit et ôter le petit d'Elbeuf,
qui étoit jeté sur ce corps, qui ne le vouloit pas quitter,
et qui se pâmoit de crier. On jette un manteau; on le
porte dans une haie; on le garde à petit bruit; un car-
rosse vient; on l'emporte dans sa tente : ce fut là où
M. de Lorges, M. de Roye[2], et beaucoup d'autres pensèrent
mourir de douleur; mais il fallut se faire violence et songer aux grandes affaires qu'il avoit sur les bras. On lui
a fait un service militaire dans le camp[3], où les larmes
et les cris faisoient le véritable deuil; tous les officiers
pourtant avoient des écharpes de crêpe; tous les tam-
bours en étoient couverts, qui ne frappoient qu'un coup;

1. Lieutenant-général. Il ne
mourut pas de sa blessure.

2. Le comte de Lorges était le
fils d'une sœur de Turenne. Il fut
fait maréchal de France en 1676,
puis capitaine des gardes, enfin
duc en 1691. Sa fille épousa le
duc de Saint-Simon. — Le comte
de Roye, de la maison de la Rochefoucauld, avait épousé une sœur
du comte de Lorges.

3. Le 12 août.

les piques traînantes et les mousquets renversés; mais ces
cris de toute une armée ne se peuvent pas représenter,
sans que l'on n'en soit ému. Ses deux véritables neveux
(car pour l'aîné[1] il faut le dégrader) étoient à cette pompe,
dans l'état que vous pouvez penser. M. de Roye tout blessé
s'y fit porter; car cette messe ne fut dite que quand ils
eurent repassé le Rhin. Je pense que le pauvre chevalier[2]
étoit bien abîmé de douleur. Quand ce corps a quitté son
armée ç'a été encore une autre désolation; partout où il a
passé ç'a été des clameurs; mais à Langres ils se sont sur-
passés : ils allèrent tous au-devant de lui, tous habillés de
deuil, au nombre de plus de deux cents, suivis du peuple ;
tout le clergé en cérémonie; ils firent dire un service solennel dans la ville, et en un moment se cotisèrent tous
pour cette dépense, qui monte à cinq mille francs, parce
qu'ils reconduisirent le corps jusqu'à la première ville,
et voulurent défrayer tout le train. Que dites-vous de ces
marques naturelles d'une affection fondée sur un mérite
extraordinaire? Il arrive à Saint-Denis ce soir ou demain[3];
tous ses gens l'alloient reprendre à deux lieues d'ici; il
sera dans une chapelle en dépôt, en attendant qu'on pré-
pare la chapelle. Il y aura un service, en attendant celui
de Notre-Dame[4] qui sera solennel.

1. Je ne sais comment dans l'éd.
Monmerqué on a pu penser au duc
de Bouillon : il s'agit évidemment
du duc de Duras, capitaine des
gardes en 1671, maréchal de
France après la mort de son oncle. Il était le frère *aîné* du comte
de Lorges, et le beau-frère du
comte de Roye, qui sont les *véritables neveux*. J'ignore quel grief
Mme de Sévigné a contre le duc
de Duras, qui était alors lieutenant général à l'armée du prince
de Condé.

2. Le chevalier de Grignan,
plus tard comte d'Adhémar, beau-
frère du comte de Grignan, était
mestre de camp du régiment de
Grignan depuis 1671, et servait en
Allemagne.

3. Le corps de Turenne arriva
à Saint-Denis le 29 août. Louis XIV
avait ordonné qu'on l'enterrât
dans la chapelle qu'il voulait faire
bâtir pour la maison de Bourbon :
il fut déposé provisoirement dans
la chapelle de Saint-Eustache.

4. Il eut lieu le 9 septembre.

Que dites-vous du divertissement que nous eûmes? Nous dînâmes comme vous pouvez penser; et jusqu'à quatre heures nous ne fîmes que soupirer. Le cardinal de Bouillon [1] parla de vous, et répondit que vous n'auriez point évité cette triste partie si vous aviez été ici. Je l'assure fort de votre douleur; il vous fera réponse et à M. de Grignan, et me pria de vous dire mille amitiés, et la bonne d'Elbeuf, qui perd tout, aussi bien que son fils. Voilà une belle chose de m'être embarquée à vous conter ce que vous savez déjà; mais ces originaux m'ont frappée, et j'ai été bien aise de vous faire voir que voilà comme on oublie M. de Turenne en ce pays-ci.

M. de la Garde [2] me dit l'autre jour que, dans l'enthousiasme des merveilles que l'on disoit du chevalier [3], il exhorta ses frères à faire un effort pour lui dans cette occasion, afin de soutenir sa fortune, au moins le reste de cette année, et qu'il les trouva tous deux fort disposés à faire des choses extraordinaires [4]. Ce bon la Garde est à Fontainebleau, d'où il doit revenir dans trois jours pour partir enfin, car il en meurt d'envie, à ce qu'il dit; mais les courtisans ont bien de la glu autour d'eux.

Vraiment l'état de Mme de Sanzei [5] est déplorable; nous ne savons rien de son mari; il n'est ni vivant, ni mort, ni

1. Ce neveu de Turenne était devenu cardinal fort jeune, à vingt-six ans, en récompense de la conversion de son oncle. Il se rendit insupportable au roi par son esprit de hauteur et d'intrigue, et fut assez longtemps en disgrâce. Mais il fut ensuite chargé à Rome des affaires du roi.

2. C'était un cousin germain du comte de Grignan.

3. Le chevalier de Grignan s'était distingué par son courage dans la retraite des Français, forcés de repasser le Rhin après la mort de Turenne.

4. Il en coûtait cher d'être au service, et plus le grade était élevé, mieux on se ruinait.

5. M. de Sanzei, beau-frère de Coulanges, et cousin germain par alliance du marquis de la Trousse (cf. p. 6, et n. 6, fin) avait disparu dans la défaite de Conz-Saarbruck; on ne put jamais retrouver son corps.

blessé, ni prisonnier : ses gens n'écrivent point. M. de la Trousse[1], après avoir mandé, le jour de l'affaire, qu'on venoit de lui dire qu'il avoit été tué, n'en a plus écrit un mot ni à la pauvre Sanzei ni à Coulanges. Nous ne savons donc que mander à cette femme désolée : il est cruel de la laisser dans cet état. Pour moi, je suis très-persuadée que son mari est mort ; la poussière mêlée avec son sang l'aura défiguré ; on ne l'aura pas reconnu, on l'aura dépouillé. Peut-être qu'il a été tué loin des autres par ceux qui l'ont pris, ou par des paysans, et sera demeuré au coin de quelque haie. Je trouve plus d'apparence à cette triste destinée, qu'à croire qu'il soit prisonnier et qu'on n'entende pas parler de lui.

Pour mon voyage, l'abbé[2] le croit si nécessaire que je ne puis m'y opposer. Je ne l'aurai pas toujours ; ainsi je dois profiter de sa bonne volonté. C'est une course de deux mois, car le bon abbé ne se porte pas assez bien pour aimer à passer là l'hiver ; il m'en parle d'un air sincère, dont je fais vœu d'être toujours la dupe : tant pis pour ceux qui me trompent. Je comprends que l'ennui seroit grand pendant l'hiver : les longues soirées peuvent être comparées aux longues marches pour être fastidieuses. Je ne m'ennuyois point cet hiver que je vous avois ; vous pouviez fort bien vous ennuyer, vous qui êtes jeune ; mais vous souvient-il de nos lectures ? Il est vrai qu'en retranchant tout ce qui étoit autour de cette petite table, et le livre même, il ne seroit pas impossible de ne savoir que devenir : la Providence en ordonnera. Je retiens toujours

<hr>

1. Ce marquis, fils de la tante de Mme de Sévigné (cf. p. 6, n. 6), était commandant des gendarmes Dauphin où servait Charles de Sévigné. Il avait été fait prisonnier à Conz-Saarbruck.

2. L'abbé de Coulanges, son oncle. — Mme de Sévigné devait aller à Nantes et aux Rochers. Elle ne revint à Paris qu'en avril 1676, ayant passé tout l'hiver dans sa terre.

ce que vous m'avez mandé : on se tire de l'ennui comme des mauvais chemins ; on ne voit personne demeurer au milieu d'un mois, pour n'avoir pas le courage de l'achever ; c'est comme de mourir : vous ne voyez personne qui ne sache se tirer de ce dernier rôle. Il y a des choses dans vos lettres qu'on ne peut ni qu'on ne veut oublier. Avez-vous mon ami Corbinelli[1] et M. de Vardes[2]? Je le souhaite. Vous aurez bien raisonné, et si vous parlez sans cesse des affaires présentes et de M. de Turenne, et que vous ne puissiez comprendre ce que tout ceci deviendra, en vérité vous êtes comme nous, et ce n'est point du tout que vous soyez en province.

M. de Barrillon[3] soupa hier ici : on ne parla que de M. de Turenne ; il en est très-véritablement affligé. Il nous contoit la solidité de ses vertus, combien il étoit vrai, combien il aimoit la vertu pour elle-même, combien par elle seule il se trouvoit récompensé[4], et puis finit par dire qu'on ne pouvoit pas l'aimer et être touché de son mérite, sans en être plus honnête homme. Sa société communiquoit une horreur pour la friponnerie et pour la duplicité, qui mettoit tous ses amis au-dessus des autres hommes : dans ce nombre, il nomma fort le chevalier[5] qui étoit fort

1. Corbinelli, fils d'un secrétaire de Marie de Médicis, fut mêlé aux intrigues de Vardes, emprisonné avec lui en 1663, et alla plus tard le rejoindre en exil. Il était très instruit, un peu pédant. Mme de Sévigné et Bussy-Rabutin l'estimaient fort.

2. Le marquis de Vardes est ce brillant courtisan qui, pour certaines intrigues, fut mis à la Bastille, puis envoyé en 1665 à la citadelle de Montpellier. Il fut ensuite relégué à Aigues-Mortes dont il avait le gouvernement, et n'eut permission de revenir à la cour qu'en 1683.

3. Barrillon, qui fut longtemps ambassadeur en Angleterre, était un homme d'esprit, épicurien, lié avec La Fontaine, qui lui a dédié une de ses *Fables*. (L. VIII, f. IV.)

4. Turenne était un très grand homme, mais fort ambitieux, et entêté de la grandeur de sa maison.

5. Toujours le chevalier de Grignan.

aimé et estimé de ce grand homme, et dont aussi il étoit adorateur. Bien des siècles n'en donneront pas un pareil : je ne trouve pas qu'on soit tout à fait aveugle en celui-ci, au moins les gens que je vois : je crois que c'est se vanter d'être en bonne compagnie.

Je viens de regarder mes dates : il est certain que je vous ai écrit le vendredi 16 ; je vous avois écrit le mercredi 14, et le lundi 12. Il faut que Pacolet ou la bénédiction de Montélimar[1] ait porté très diaboliquement cette lettre ; examinez ce prodige.

Mais parlons un peu de M. de Turenne ; c'est une honte de n'en pas dire un mot. Voici ce que me conta hier ce petit cardinal[2]. Vous connoissez bien Pertuis[3], et son adoration et son attachement pour M. de Turenne. Dès qu'il a su sa mort, il a écrit au Roi, et lui mande : « Sire, j'ai perdu M. de Turenne ; je sens que mon esprit n'est point capable de soutenir ce malheur ; ainsi, n'étant plus en état de soutenir Votre Majesté, je vous rends ma démission du gouvernement de Courtrai. » Le cardinal de Bouillon empêcha qu'on ne rendît cette lettre ; mais, craignant qu'il ne vînt lui-même, il dit au Roi l'effet du désespoir de Pertuis. Le Roi entra fort bien dans cette douleur, et dit au cardinal de Bouillon qu'il en estimoit davantage Pertuis, et qu'il ne songeât point à se retirer, qu'il étoit trop honnête homme pour ne faire pas toujours son devoir, en quelque état qu'il pût être. Voilà comme sont ceux qui regrettent ce héros. Au reste, il avoit quarante

<hr>

1. Pacolet est un cheval merveilleux qui portait le héros du roman de *Valentin et Orson*. « Et ne crains ni trait ni flèche, ni cheval tant soit léger, et fut-ce Pégase de Perseus ou Pacolet... » (Rabelais, II, 24.) — La bénédiction de Montélimar est une allusion à une plaisanterie de Coulanges, qui écrivait à sa cousine de Grignan que, lorsqu'il mettait dans ses lettres *Montélimar*, cela vouloit dire : « Je vous adore ».

2. Le cardinal de Bouillon.

3. Guy Patin, ancien capitaine des gardes de M. de Turenne.

mille livres de rente de partage[1] ; et M. Boucherat a trouvé que, toutes ses dettes et ses legs payés, il ne lui restoit que dix mille livres de rente : c'est deux cent mille francs pour tous ses héritiers, pourvu que la chicane n'y mette pas le nez. Voilà comme il s'est enrichi en cinquante années de service.

Voici une autre histoire bien héroïque ; écoutez-moi. M. le chevalier de Lorraine[2] est donc revenu. Il entra chez Monsieur, et lui dit : « Monsieur, M. le marquis d'Effiat et le chevalier de Nantouillet[3] m'ont mandé que vous vouliez que j'eusse l'honneur de revenir auprès de vous ». Monsieur répondit honnêtement, et ensuite lui dit qu'il falloit dire au moins à Varangeville qu'il étoit fâché de ce qui s'étoit passé. Varangeville entre ; le chevalier de Lorraine lui dit : « Monsieur, Monsieur veut que je vous dise que je suis fâché de ce qui s'est passé. — Ah ! Monsieur, dit Varangeville, est-ce là une satisfaction ? — Monsieur, dit le chevalier, c'est tout ce que je vous puis dire, et vous souhaiter du reste prospérité et santé. » Monsieur voulut rompre cette conversation, qui prenoit un air burlesque. Varangeville rentra par une autre porte, et dit à Monsieur : « Monsieur, je vous supplie au moins

---

1. C'est-à-dire pour sa part d'héritage. — M. Boucherat (1616-1685) est le futur chancelier, successeur de Letellier : il était fort des amis de Turenne.

2. Le chevalier de Lorraine, favori du duc d'Orléans, fort décrié, avait été à tort soupçonné d'avoir empoisonné la duchesse d'Orléans, Henriette d'Angleterre ; le roi l'avait exilé, et rappelé en 1672. Il avait repris sa place auprès de Monsieur. Mais ayant insulté M. de Varangeville, secrétaire des commande-

ments de Monsieur, et n'ayant pu le faire renvoyer, il se retira. Au bout de trois semaines, il fut rappelé.

3. Le marquis d'Effiat, neveu du fameux Cinq-Mars, autre favori de Monsieur, dont il était le premier écuyer, ne valait pas mieux que le chevalier de Lorraine. — Le chevalier de Nantouillet fut plus tard premier maître d'hôtel du duc d'Orléans. Il s'était distingué au passage du Rhin ; et Boileau, qui l'aimait, a mis son nom dans sa *IVe Épitre*.

de demander pour moi, pour l'avenir, à M. le chevalier de Lorraine son estime et son amitié. » Monsieur le dit au chevalier, qui répondit : « Ah! Monsieur, c'est beaucoup pour un jour » ; et l'histoire finit ainsi, et chacun a repris sa place comme si de rien n'étoit. Ne trouvez-vous pas toute cette conduite bien raisonnable, et la menace, et la colère, et le retour, et la satisfaction? Peut-on voir un plus beau fagotage[1]? Si vous aviez envie que tout cela fût vrai, vous seriez trop heureuse, car c'est comme si vous l'aviez entendu.

Adieu, ma très-chère et très-aimable, je vous embrasse mille fois avec une tendresse qui ne se peut représenter.

------

6. — LAMENTATION SUR DES ARBRES ABATTUS.

A MADAME DE GRIGNAN.

A Nantes, lundi au soir 27⁎ mai 1680[2].

Je vous écris ce soir, ma fille, parce que, Dieu merci, je m'en vais demain dès le grand matin, et même je n'attendrai pas vos lettres pour y répondre : je laisse un homme qui me les apportera à la dînée[5], et je laisse ici cette lettre, qui partira le soir, afin qu'autant que je le puis, il n'y ait rien de déréglé dans notre commerce.

1. *Fagotage.* « *Fagoter* se dit, figurément et bassement, pour *mettre en mauvais ordre*, mal arranger... » (Furetière, *Dict.*).

2. Mme de Sévigné avait quitté Paris au commencement du mois; de Nantes, elle alla passer l'été aux Rochers, et rentra à Paris en octobre.

5. *Dînée*, vieux mot qui signifie la halte qu'on fait en voyage pour dîner.

J'écris aujourd'hui comme Arlequin [1], qui répond avant que d'avoir reçu la lettre.

Je fus hier au Buron [2], j'en revins le soir; je pensai pleurer en voyant la dégradation de cette terre : il y avoit les plus vieux bois du monde; mon fils, dans son dernier voyage, lui a donné les derniers coups de cognée. Il a encore voulu vendre un petit bouquet qui faisoit une assez grande beauté; tout cela est pitoyable : il en a rapporté quatre cents pistoles, dont il n'eut pas un sou un mois après. Il est impossible de comprendre ce qu'il fait, ni ce que son voyage de Bretagne lui a coûté [3], où il étoit comme un gueux, car il avoit renvoyé ses laquais et son cocher à Paris : il n'avoit que le seul Larmechin dans cette ville [4], où il fut deux mois. Il trouve l'invention de dépenser sans paroître, de perdre sans jouer, et de payer sans s'acquitter; toujours une soif et un besoin d'argent, en paix comme en guerre; c'est un abîme de je ne sais pas quoi, car il n'a aucune fantaisie, mais sa main est un creuset qui fond l'argent. Ma bonne, il faut que vous essuyiez tout ceci. Toutes ces dryades affligées que je vis hier, tous ces vieux sylvains qui ne savent plus où se retirer, tous ces anciens corbeaux établis depuis deux cents ans dans l'horreur de ces bois, ces chouettes qui, dans cette obscurité, annonçoient, par leurs funestes cris, les malheurs de tous les hommes; tout cela me fit hier des plaintes qui me touchèrent sensiblement le cœur;

1. Depuis 1662, le caractère d'Arlequin était représenté à la Comédie Italienne par Dominique Biancolelli, qui mourut en 1688 : ce fut un des fameux acteurs du temps, fort goûté du roi.

2. C'était une terre qui appartenait à Mme de Sévigné, à quelques lieues de Nantes.

3. Ce voyage de Charles de Sévigné avait eu lieu l'année précédente, et c'est là qu'il avait saccagé le Buron. Il était revenu de l'armée à la paix en 1678. Il avait assisté aux États de Bretagne (1679). Il rentra à Paris en février 1680.

4. A Nantes.

et que sait-on même si plusieurs de ces vieux chênes n'ont point parlé, comme celui où étoit Clorinde[1]? Ce lieu étoit un *luogo d'incanto*[2], s'il en fut jamais : j'en revins toute triste ; le soupé[3] que me donna le premier président et sa femme ne fut point capable de me réjouir.

Il faut que je vous conte ce que c'est que ce premier président ; vous croyez que c'est une barbe sale et un vieux fleuve comme votre Ragusse[4] ; point du tout ; c'est un jeune homme de vingt-sept ans, neveu de M. d'Harouys[5] ; un petit de la Bunelaye fort joli, qui a été élevé avec le petit de la Silleraye[6], que j'ai vu mille fois, sans jamais imaginer que ce pût être un magistrat ; cependant il l'est devenu par son crédit, et moyennant quarante mille francs, il a acheté toute l'expérience nécessaire pour être à la tête d'une compagnie souveraine, qui est la chambre des comptes de Nantes ; il a de plus épousé une fille que je connois fort, que j'ai vue cinq semaines tous les jours aux états de Vitré ; de sorte que ce premier président et cette première présidente sont pour moi un

---

1. Souvenirs du Tasse, *Jérusalem délivrée*, ch. XIII, st. 45. « Je fus Clorinde : je ne suis pas le seul esprit humain qui habite dans ces écorces dures et grossières.... Ces troncs et ces branches sont animés, et tu es homicide, si tu coupes de ce bois. » (E. Mellier, *le Tasse*, Coll. des classiques populaires, p. 151). Ainsi parlait l'âme de Clorinde enfermée dans un cyprès, à Tancrède qui l'avait tuée dans un combat, et qui maintenant venait couper le bois de la forêt enchantée.

2. *Incantato luogo*, lieu enchanté, dit le Tasse (*Jérus. dél.*, XIII, 20).

3. On disait indifféremment *diner* et *dîné*, *souper* et *soupé*. Ménage (*Observations sur la langue française*) voulait qu'on dît *le diner* et *le souper*, mais *après dîné* et *après soupé*.

4. Raguze, membre du Parlement d'Aix.

5. M. d'Harouys, veuf d'une sœur de Coulanges, était trésorier des États de Bretagne. Il finit par se ruiner, à force, dit-on, de faire plaisir à tout le monde. Mme de Sévigné l'aimait et l'estimait beaucoup.

6. Fils de d'Harouys. La Silleraye était le nom d'une terre voisine de Nantes.

petit jeune garçon que je ne puis respecter, et une jeune
petite demoiselle que je ne puis honorer. Ils sont revenus
pour me voir de la campagne, où ils étoient ; ils ne me
quittent point. D'un autre côté, M. de Nointel[1] me vint
voir samedi en arrivant de Brest : cette civilité m'obligea
d'aller le lendemain chez sa sotte femme ; elle me rendit
ma visite dès le soir ; et aujourd'hui ils m'ont donné un
si magnifique repas en maigre, à cause des Rogations,
que le moindre poisson paroissoit *la señora ballena*[2]. J'ai
été de là dire adieu à mes pauvres sœurs[3], que j'aime et
que je laisse avec un très bon livre[4]. J'ai pris congé de la
belle prairie[5]. Mon Agnès[6] pleure quasi mon départ ; moi,
ma bonne, je ne le pleure point, et suis ravie de m'en
aller dans mes bois ; j'en trouverai au moins aux Rochers
qui ne sont point abattus. Voilà, ma bonne, toutes les
inutilités que je puis vous mander aujourd'hui.

1. Louis Béchameil, marquis de
Nointel, était intendant de Bretagne. Sa femme était née Dre-
tonvilliers ; elle était sœur de
Mme d'Hervart, la protectrice de
La Fontaine. Mme de Sévigné la
traite de sotte, parce qu'elle
n'avait pas voulu lui faire visite
la première, à cause de la charge
de son mari, quoiqu'elle n'eût
que dix-sept ans.

2. En espagnol, *madame la ba-
leine.*

3. De la Visitation de Sainte-Marie.

4. Le traité d'Arnauld, *de la Fré-
quente communion*, publié en 1643.

5. « La prairie de Mauves, près
du cours Saint-Pierre, à Nantes,
sur le bord de la Loire. » (Note de
l'éd. de 1818, citée par Monmerqué.)

6. Mme de Sévigné avait trouvé
à Nantes une jeune fille qui lui
avait plu infiniment, « moins sotte
qu'on ne l'est en province »,
quoique fille d'une « dévote ridicule ». Elle était parente de M. de
la Bunelaye et alliée à d'Harouys.
Mme de Sévigné « se divertit à la
dévider ». Elle l'avait baptisée
Agnès, du nom de l'héroïne de
l'École des Femmes de Molière.

7. — UNE REPRÉSENTATION D'ESTHER.

A MADAME DE GRIGNAN.

A Paris, ce lundi 21ᵉ février 1689.

Il est vrai, ma chère fille, que nous voilà bien cruellement séparées l'une de l'autre : *aco fa trembla*[1]. Ce seroit une belle chose, si j'y avois ajouté le chemin d'ici aux Rochers ou à Rennes; mais ce ne sera pas si tôt : Mme de Chaulnes veut voir la fin de plusieurs affaires[2], et je crains seulement qu'elle ne parte trop tard, dans le dessein que j'ai de revenir l'hiver suivant[3], par plusieurs raisons, dont la première est que je suis très-persuadée que M. de Grignan sera obligé de revenir pour sa chevalerie[4] et que vous ne sauriez prendre un meilleur temps pour vous éloigner de votre château culbuté et inhabitable[5], et venir faire un peu votre cour avec Monsieur le chevalier de l'ordre, qui ne le sera qu'en ce temps-là.

Je fis la mienne l'autre jour à Saint-Cyr[6], plus agréable-

1. En provençal, *cela fait trembler*. — Mme de Grignan était retenue en Provence, et Mme de Sévigné ne pouvait en ce temps-là aller l'y voir.

2. Mme de Sévigné partit au milieu d'avril, alla à Chaulnes en Picardie, d'où elle passa en Bretagne. Sur. Mme de Chaulnes, cf. p. 12, n. 3.

3. Elle passa l'hiver et l'été suivant aux Rochers. Puis elle alla en Provence à la fin de l'automne 1690.

4. En déc. 1688, M. de Grignan avait été compris dans une promotion de 74 chevaliers de l'ordre

du Saint-Esprit. Il avait été dispensé par le roi de venir pour la cérémonie de la réception : c'était lui épargner un voyage coûteux. Il ne se fit recevoir qu'en 1692, le 1ᵉʳ janvier.

5. Le château de Grignan, très élevé, et exposé à une bise terrible, avait été quelques jours auparavant ravagé par un violent ouragan.

6. On sait comment Mme de Maintenon avait fondé la maison de Saint-Cyr, pour élever gratuitement deux cent cinquante demoiselles nobles, à qui le roi assurait des dots pour se marier

ment que je n'eusse jamais pensé. Nous y allâmes samedi[1], Mme de Coulanges[2], Mme de Bagnols, l'abbé Têtu et moi. Nous trouvâmes nos places gardées. Un officier dit à Mme de Coulanges que Mme de Maintenon lui faisoit garder un siège auprès d'elle : vous voyez quel honneur. « Pour vous, Madame, me dit-il, vous pouvez choisir. » Je me mis avec Mme de Bagnols au second banc derrière les duchesses. Le maréchal de Bellefonds[3] vint se mettre, par choix, à mon côté droit, et devant c'étoient Mmes d'Auvergne[4], de Coislin, de Sully. Nous écoutâmes, le maréchal et moi, cette tragédie avec une attention qui fut remarquée, et de certaines louanges sourdes et bien placées, qui n'étoient peut-être pas sous les fontanges de toutes les dames[5]. Je ne puis vous dire l'excès de l'agrément de cette pièce : c'est une chose qui n'est pas aisée à représenter, et qui ne sera jamais imitée ; c'est un rapport de la musique, des

ou entrer en religion. Ce fut la grande affaire, la passion et la joie de Mme de Maintenon, où elle oubliait la cour et sa triste servitude.

1. Ce fut la dernière représentation de la tragédie d'*Esther*, que Racine avait composée pour les demoiselles.

2. Mme de Coulanges : cf. p. 6, n. 6 ; p. 12, n. 1, et plus loin p. 41. — Mme du Gué de Bagnols était la sœur de Mme de Coulanges ; son mari était intendant des Flandres. — L'abbé Testu, ou Têtu, de l'Académie française, était un abbé trop mondain, ce qui lui fit manquer l'épiscopat. Il était très lié avec Mme de Coulanges et avec Mme de Sévigné : il avait formé l'esprit de Mme de Grignan.

3. Le maréchal de Bellefonds, courtisan et dévot, fort lié avec Bossuet, fut plusieurs fois en disgrâce, et retrouva la faveur du roi.

4. La comtesse d'Auvergne, nièce par alliance de Turenne. — Mme de Coislin était mariée au petit-fils du chancelier Séguier. — La duchesse de Sully, née Servien, avait épousé un autre petit-fils du même chancelier.

5. La *fontange* « est un nœud de ruban que les femmes, qui se mettent proprement, portent sur le devant de leur coiffure, et un peu au-dessus du front, et qui lie la coiffure. Ce nom vient de Mlle de Fontanges qui la première porta ce nœud, lorsqu'elle commença de paraître à la cour. » (Furetière, *Dictionnaire*.) L'éclat passager de Mlle de Fontanges date de 1680.

vers, des chants, des personnes, si parfait et si complet,
qu'on n'y souhaite rien ; les filles[1] qui font des rois et des
personnages sont faites exprès : on est attentif, et on n'a
point d'autre peine que celle de voir finir une si aimable
pièce ; tout y est simple, tout y est innocent, tout y est
sublime et touchant : cette fidélité de l'histoire sainte donne
du respect ; tous les chants convenables aux paroles, qui
sont tirées des *psaumes* ou de *la Sagesse*[2], et mis dans le
sujet, sont d'une beauté qu'on ne soutient pas sans larmes :
la mesure de l'approbation qu'on donne à cette pièce, c'est
celle du goût et de l'attention. J'en fus charmée, et le
maréchal aussi, qui sortit de sa place, pour aller dire au
Roi combien il étoit content, et qu'il étoit auprès d'une
dame qui étoit bien digne d'avoir vu *Esther*. Le Roi vint
vers nos places, et après avoir tourné, il s'adressa à moi,
et me dit : « Madame, je suis assuré que vous avez été
contente. » Moi, sans m'étonner, je répondis : « Sire, je
suis charmée ; ce que je sens est au-dessus des paroles. »
Le Roi me dit : « Racine a bien de l'esprit ». Je lui dis :
« Sire, il en a beaucoup ; mais en vérité ces jeunes personnes en ont beaucoup aussi : elles entrent dans le sujet
comme si elles n'avoient jamais fait autre chose ». Il me
dit : « Ah ! pour cela, il est vrai ». Et puis Sa Majesté s'en
alla, et me laissa l'objet de l'envie : comme il n'y avoit
quasi que moi de nouvelle venue, il eut quelque plaisir de
voir mes sincères admirations sans bruit et sans éclat.
Monsieur le Prince, Madame la Princesse[3] me vinrent dire
un mot ; Mme de Maintenon, un éclair : elle s'en alloit
avec le Roi ; je répondis à tout, car j'étois en fortune. Nous

1. Les demoiselles de Saint-Cyr.
2. Des *Psaumes* surtout et des
Prophètes, mais aussi parfois
de la *Sagesse*, quand il s'agit du
bonheur de l'impie et des devoirs
des rois.
3. Le prince et la princesse de
Condé, fils et bru du grand Condé.

revînmes le soir aux flambeaux. Je soupai chez Mme de Coulanges, à qui le Roi avoit parlé aussi avec un air d'être chez lui qui lui donnoit une douceur trop aimable. Je vis le soir Monsieur le chevalier[1]; je lui contai tout naïvement mes petites prospérités, ne voulant point les cachoter sans savoir pourquoi, comme de certaines personnes; il en fut content, et voilà qui est fait; je suis assurée qu'il ne m'a point trouvé, dans la suite, ni une sotte vanité, ni un transport de bourgeoisie : demandez-lui. Monsieur de Meaux[2] me parla fort de vous; Monsieur le Prince aussi; je vous plaignis de n'être point là; mais le moyen, ma chère enfant? on ne peut pas être partout. Vous étiez à votre opéra de Marseille : comme *Atys est* non-seulement *trop heureux*[3], mais trop charmant, il est impossible que vous vous y soyez ennuyée. Pauline[4] doit avoir été surprise du spectacle : elle n'est pas en droit d'en souhaiter un plus parfait. J'ai une idée si agréable de Marseille, que je suis assurée que vous n'avez pas pu vous y ennuyer, et je parie pour cette dissipation contre celle d'Aix.

Mais ce samedi même, après cette belle *Esther*, le Roi apprit la mort de la jeune reine d'Espagne[5], en deux jours, par de grands vomissements : cela sent bien le fagot. Le Roi le dit à Monsieur le lendemain, qui étoit hier. La dou-

---

1. Le chevalier de Grignan : cf. p. 25, n. 2. Il avait été nommé ménin du dauphin, ce qui l'avait fixé à la cour.

2. Bossuet, évêque de Meaux depuis 1681.

3. *Atys*, opéra de Quinault, musique de Lulli; joué à Paris en 1676. Au 1ᵉʳ acte, on y répète plusieurs fois : *Atys est trop heureux.*

4. Pauline de Grignan (née en 1674), plus tard Mme de Simiane;

c'est elle qui fit donner au public, par le Chevalier de Perrin, non sans hésitation, les lettres de sa grand'mère à sa mère.

5. Marie-Louise d'Orléans, fille de Monsieur et de sa première femme Henriette d'Angleterre, avait été mariée à Charles II d'Espagne. Elle mourut le 12 février 1689, non sans soupçon d'empoisonnement. Elle avait vécu tristement.

leur fut vive : Madame crioit les hauts cris ; le Roi en sortit tout en larmes.

On dit de bonnes nouvelles d'Angleterre[1] : non-seulement le prince d'Orange n'est pas élu ni roi ni protecteur, mais on lui fait entendre que lui et ses troupes n'ont qu'à s'en retourner ; cela abrège bien des soins. Si cette nouvelle continue, notre Bretagne sera moins agitée, et mon 'fils n'aura point le chagrin de commander la noblesse de la vicomté de Rennes et de la baronnie de Vitré : ils l'ont élu malgré lui pour être à leur tête[2]. Un autre seroit charmé de cet honneur ; mais il en est fâché, n'aimant, sous quelque nom que ce puisse être, la guerre par ce côté-là.

Votre enfant[3] est allé à Versailles pour se divertir ces jours gras ; mais il a trouvé la douleur de la reine d'Espagne : il seroit revenu, sans que[4] son oncle le va trouver tout à l'heure. Voilà un carnaval bien triste, et un grand deuil. Nous soupâmes hier chez le *Civil*[5], la duchesse du Lude, Mme de Coulanges, Mme de Saint-Germain, le chevalier de Grignan, Monsieur de Troyes[6], Corbinelli : nous

1. L'année précédente avait eu lieu la révolution d'Angleterre qui chassa les Stuarts. Jacques II avait fui devant son gendre le prince d'Orange, qui devint le roi Guillaume III. Il fut proclamé le 25 février.

2. Il fut élu pour commander l'arrière-ban de la noblesse.

3. Le petit marquis de Grignan (né en 1671) avait suivi le dauphin comme volontaire en 1688 au siège de Philipsbourg. Il était rentré à Paris entre cette première campagne et la suivante. Il fut colonel à 18 ans, et mourut en 1704.

4. Si ce n'est que. — *Son oncle*, le chevalier de Grignan.

5. Jean Le Camus, lieutenant civil, frère du cardinal-évêque de Grenoble. — Le Prévôt de Paris avait sous lui « un lieutenant civil, un lieutenant criminel, un lieutenant de police, et deux lieutenants particuliers » (Furetière).

6. La duchesse du Lude (cf. p. 2, n. 4), veuve du comte de Guiche, avait épousé en secondes noces le grand maître de l'artillerie ; elle devait être dame d'honneur de la duchesse de Bourgogne. — La marquise de Saint-Germain Beaupré, femme d'un mestre de camp de cavalerie, qui fut gouverneur de la Marche.

6. L'abbé Le Bouthillier de

fûmes assez gaillards ; nous parlâmes de vous avec bien de l'amitié, de l'estime, du regret de votre absence, enfin un souvenir tout vif : vous viendrez le renouveler.

Mme de Durfort[1] se meurt d'un hoquet, d'une fièvre maligne ; Mme de la Vieuville aussi du pourpre de la petite vérole[2]. Adieu, ma très-chère enfant : de tous ceux qui commandent dans les provinces, croyez que M. de Grignan est le plus agréablement placé.

---

8. — RÉFLEXIONS CHRÉTIENNES.

A M. DE COULANGES.

A Grignan, 26° juillet 1691.

Voilà donc M. de Louvois mort[3], ce grand ministre, cet homme si considérable, qui tenoit une si grande place[4],

Chavigny, fils d'un ministre de Louis XIII, fut évêque de Rennes, puis de Troyes.

1. Mme de Durfort, sœur des maréchaux de Duras et de Lorges (cf. p. 22, n. 2, et p. 23, n. 1), mourut le 13 mai. C'était cette Mlle de Duras qui s'était faite catholique en 1678 et qui avait donné lieu à la fameuse conférence de Bossuet et du pasteur Claude sur l'Église. Bossuet l'assista à la mort.

2. Elle était nièce du maréchal de la Mothe-Houdancourt. — *Le pourpre* était le terme médical par lequel on désignait les pustules éruptives de la petite vérole, qui faisait alors tant de ravages.

3. Il mourut le 16 juillet 1691.

4. Né en 1639, fils de Le Tellier qui fut chancelier de France, le marquis de Louvois eut en 1654 la survivance de la charge qu'avait alors son père, celle de secrétaire d'État de la guerre : en 1666, il eut le titre. Depuis la mort de Colbert (1683) il était en fait le premier ministre. Outre les affaires de la guerre, qui lui appartenaient, il avait exercé une influence souvent prépondérante dans les relations avec l'étranger, et il avait contribué plus que personne à la Révocation de l'Édit de Nantes. — Sur ses charges, cf. plus bas, p. 43, n. 1.

dont le *moi*, comme dit M. Nicole[1], étoit si étendu, qui étoit le centre de tant de choses! Que d'affaires, que de desseins, que de projets, que de secrets, que d'intérêts à démêler, que de guerres commencées, que d'intrigues, que de beaux coups d'échecs à faire et à conduire! « Ah! mon Dieu, donnez-moi un peu de temps : je voudrois bien donner un échec au duc de Savoie, un mat au prince d'Orange[2] — Non, non, vous n'aurez pas un seul, un seul moment. » Faut-il raisonner sur cette étrange aventure? En vérité, il faut y faire des réflexions dans son cabinet. Voilà le second ministre[3] que vous voyez mourir depuis que vous êtes à Rome; rien n'est plus différent que leur mort[4]; mais rien n'est plus égal que leur fortune, et leurs attachements, et les cent mille millions de chaînes dont ils étoient tous deux attachés à la terre.

Et sur ces grands objets qui doivent porter à Dieu, vous vous trouvez embarrassé dans votre religion sur ce qui se passe à Rome et au conclave[5] : mon pauvre cousin, vous

---

1. Nicole (1625-1695), né à Chartres, fut un des grands défenseurs du jansénisme au dix-septième siècle. Il publia à partir de 1671 ces *Essais de morale et instructions théologiques*, qui faisaient les délices de Mme de Sévigné : c'est là qu'il dénonçait les excès de l'amour-propre, du *moi* toujours avide de s'étendre.

2. C'étaient les deux ennemis redoutables de Louis XIV à cette date : Victor Amédée II (duc de Savoie en 1675, roi de Sardaigne en 1713), politique avisé, sans scrupule et sans foi, venait de s'allier à Guillaume III contre nous. Catinat venait de lui « donner un échec » à Staffarde. Le prince d'Orange Guillaume (1650-

1702) était roi d'Angleterre depuis 1688, mais non reconnu par Louis XIV, qui tenait Jacques II pour roi légitime : c'est pour cela que Mme de Sévigné l'appelle seulement « le prince d'Orange ». C'était lui qui venait de « donner un mat » à la France, en battant Jacques II à la Boyne (Irlande).

3. Seignelay, fils de Colbert, était mort en 1690.

4. Seignelay était mort en pleine faveur; Louvois presque en disgrâce. Seignelay était mort chrétiennement après une longue préparation : Louvois n'avait guère eu le temps d'y penser.

5. Il s'agissait de donner un successeur à Alexandre VIII; ce successeur fut Innocent XII.

vous méprenez. J'ai ouï dire qu'un homme de très-bon esprit tira une conséquence toute contraire sur ce qu'il voyoit dans cette grande ville, et conclut qu'il falloit que la religion chrétienne fût toute sainte et toute miraculeuse de subsister ainsi par elle-même au milieu de tant de désordres et de profanations[1]. Faites donc comme cet homme, tirez les mêmes conséquences, et songez que cette même ville a été autrefois baignée du sang d'un nombre infini de martyrs; qu'aux premiers siècles, toutes les intrigues du conclave se terminoient à choisir entre les prêtres celui qui paroissoit [avoir][2] le plus de zélé et de force pour soutenir le martyre; qu'il y eut trente-sept papes qui le souffrirent l'un après l'autre, sans que la certitude de cette mort les fit fuir ni refuser cette place où la mort étoit attachée, et quelle mort! vous n'avez qu'à lire cette histoire. L'on veut qu'une religion subsistante[3] par un miracle continuel et dans son établissement et sa durée, ne soit qu'une imagination des hommes! Les hommes ne pensent point ainsi. Lisez saint Augustin dans la *Vérité de la religion*[4]; lisez l'Abbadie[5], bien diffé-

1. Elle a lu cela dans le *Décaméron* de Boccace ou bien dans Montaigne (II, 12), qui parle d'un homme « lequel, étant allé à Rome..., y voyant la dissolution des prélats et peuple de ce temps-là, s'établit d'autant plus fortement en notre religion, considérant combien elle devait avoir de force et de divinité à maintenir sa dignité et sa splendeur parmi tant de corruption, et en mains si vicieuses ».

2. *Avoir* est un mot que les éditeurs ont rétabli par conjecture. Je préférerais supposer : *celui* [en] *qui paraissait le plus....*

3. Mme de Sévigné, comme beaucoup de ses contemporains, fait encore accorder le participe présent.

Les morts se ranimants à la voix d'Éli-
[sée (*Ath.*, v. 434).

Pleurante après son char vous voulez
[qu'on me voie (*Androm.*, v. 1329).

4. *De la véritable religion*, trad. par Du Bois en 1690, in-8°.

5. Le *Traité de la vérité de la religion chrétienne* avait paru en 1684. L'auteur, Abbadie, était un ministre protestant qui se réfugia à Berlin après la Révocation de l'Édit de Nantes. Malgré cela, son livre eut un immense succès auprès des catholiques.

rent de ce grand saint, mais très-digne de lui être comparé, quand il parle de la religion chrétienne (demandez à l'abbé de Polignac[1] s'il estime ce livre) : ramassez donc toutes ces idées, et ne jugez point si frivolement, croyez que, quelque manége qu'il y ait dans le conclave, c'est toujours le Saint-Esprit qui fait le pape; Dieu fait tout, il est le maître de tout, et voici comme nous devrions penser (j'ai lu ceci en bon lieu) : « Quel trouble peut-il arriver à une personne qui sait que Dieu fait tout, et qui aime tout ce que Dieu fait ? » Voilà sur quoi je vous laisse, mon cher cousin. Adieu.

APPENDICE

Trois jours avant que Mme de Sévigné écrivît cette lettre, Mme de Coulanges avait répondu à son mari sur les mêmes matières : les deux lettres arrivèrent à Rome par le même courrier. On va lire la lettre de Mme de Coulanges : on la comparera avec celle de Mme de Sévigné. On verra la différence qu'il y a du sens et de l'esprit de l'une aux dons supérieurs de l'autre.

DE MADAME DE COULANGES

A COULANGES[2].

Paris, 23e juillet 1691.

Vous me paroissez très peu édifié de tout ce que vous voyez à Rome, et vous avez, je crois, raison; mais où

---

1. L'abbé de Polignac (1661-1741) allait devenir (1693) ambassadeur en Pologne. Il fut cardinal en 1713, archevêque d'Auch en 1756. Outre ses négociations, il est célèbre pour avoir écrit son *Anti-Lucrèce* en 9 livres : c'est un poème latin où il combat la doctrine épicurienne du poème *de la Nature* ; il y réfute Lucrèce élégamment et faiblement.

2. Cf. p. 12, n. 1.

vous ne l'avez pas, c'est de dire qu'il n'est pas bon pour
la religion de voir de près toutes ces choses. Il ne faut
pas confondre tant de rares merveilles, c'est-à-dire qu'il
faut séparer la religion des abus. La religion est pure et
sainte; mais les hommes ont des passions, et ils prennent
le prétexte de la religion pour les satisfaire. Ces abus-là
sont plus ordinaires où vous êtes, parce que les intérêts y
sont plus considérables. Ainsi au lieu de dire : « Il est bien
dangereux d'être à Rome pour conserver sa foi, » il faut
admirer[1] la corruption des hommes, qui font servir les
choses les plus saintes pour satisfaire leur ambition. La
religion a raison, les hommes ont tort; cela est bien ancien et ne fait découvrir que ce que l'on a toujours vu.
Saint Pierre seroit encore plus étonné que vous, s'il étoit
témoin de ce que vous voyez ; mais sa charité lui feroit
plaindre les hommes sujets à tant de passions, et si peu
appliqués à les vaincre par les sentiments que doit ins-
pirer la religion.

M. de Louvois est mort subitement : quelle mort, mon
Dieu ! et quel sujet de réflexions ! mais elles se font dans
l'imagination seulement, car si elles passoient dans le
cœur et dans la volonté, nous quitterions tous le monde
comme M. de Santenas, qui s'est fait moine de la Trappe[2].
J'irai demain passer le jour chez Mme de Louvois[3] : il faut
pleurer avec les malheureux, sans avoir ri avec eux pendant leur bonheur; mais je ne les en plains pas moins, et
je pense que je suis plus obligée à M. de Louvois de ce
qu'il n'a rien fait pour moi, que je ne l'aurois été du contraire, du moins si l'on doit mesurer la reconnoissance
sur le bonheur.

---

1. *Admirer* au sens latin,
s'étonner de.

2. M. de Santenas, Piémontais,
colonel d'infanterie au service de
la France, se fit oratorien, puis
trappiste : il mourut en 1691.

3. Elle était cousine-germaine
de Louvois par sa mère.

On ne peut tenir à trop peu de choses en ce monde ;
c'est trop que de tenir à soi. Toutes les places qu'occu-
poit M. de Louvois sont presque remplies[1]. Pour moi, je
sens le plaisir de n'espérer ni de craindre dans la plupart
des événements : les honneurs et les biens de ce monde
ne méritent guère d'être recherchés ; mais l'on pense
souvent de cette façon et l'on se conduit d'une autre.

Si vous aimiez autant la solitude que moi, je vous
mènerois en lieu où elle ne seroit point troublée ; mais il
faut remplir ses devoirs préférablement à suivre ses goûts,
quand même ils seroient bons ; ainsi je vous logerai au
milieu de tous vos amis et amies, si vous le désirez[2]. Pour
moi, j'avoue que je crois me peu soucier du monde ; je
ne m'y trouve plus propre par mon âge ; je n'y ai, Dieu
merci, point de ces engagements qui y retiennent malgré
qu'on en ait ; j'ai vu tout ce qu'il y a à voir, je n'ai plus
qu'une vieille figure à lui présenter, plus rien de nouveau à lui montrer ni à découvrir. Et que veut-on faire
de recommencer toujours des visites, se troubler des
événements qui ne nous regardent point ? alerte sur les
voyages de Marly[3], les traiter solidement, se retirer pour
en parler avec un air de solidité qui fait rire les gens qui
voient cela tel qu'il est ? Mon cher Monsieur, il faudroit
songer à quelque chose de plus solide. M. de Barrillon
qui vient de mourir[4] en a été persuadé : Dieu lui a fait de
grandes grâces ; c'est ce qui doit consoler ses amis, dont

1. Son fils Barbezieux eut la
guerre et les postes ; Le Peletier,
la direction des fortifications ;
Colbert de Villacerf, la surinten-
dance des bâtiments. « Beaucoup
d'autres, dit Coulanges, exerçaient
ses autres emplois. » (Cité par
l'éd. Monmerqué.)

2. Les Coulanges déména-
geaient : de la rue du Parc
Royal, ils vinrent s'installer au
Temple.

3. Toute la cour n'allait pas à
Marly. Le roi dressait lui-même la
liste des invitations, et c'était un
honneur très recherché que
d'être nommé pour l'y suivre.

4. Cf. p. 26, n. 3.

en vérité je ne puis douter que je ne fusse du nombre.
Hélas! on ne songe plus à la cour à M. de Louvois : ce qui
fait qu'on en étoit si occupé fait qu'on l'oublie si tôt. C'est
le monde, ce monde que je ne crois plus aimer : Dieu
veuille que je ne me trompe pas!

Je meurs d'envie de m'en retourner à mon Brevannes[1],
qui me va échapper au premier jour ; il faut être assez
peu attaché à toutes choses pour soutenir les petits chagrins sans les sentir.

1. Terre voisine de Villeneuve-Saint-Georges, que Mme de Cou- langes avait louée, et où elle se plaisait fort.

TABLE DES MATIÈRES

Pascal (Suite) : *Provinciales*, I, IV, XIII et Extraits
(Brunetière).. 1 fr. 50
— *Pensées* (Brunschwicg).................................. 3 fr. 50
Portraits et récits extraits des prosateurs du
XVI* siècle (Huguet)....................................... 2 fr. 50
Racine : *Andromaque* (Lanson)............................. 1 fr. »
— *Athalie* (Lanson)....................................... 1 fr. »
— *Britannicus* (Lanson)................................... 1 fr. »
— *Esther* (Lanson).. 1 fr. »
— *Iphigénie* (Lanson)..................................... 1 fr. »
— *Les Plaideurs* (Lanson)................................. 1 fr. »
— *Mithridate* (Lanson).................................... 1 fr. »
— *Théâtre choisi* (Lanson)................................ 3 fr. »
Récits extraits des prosateurs et poètes du
moyen âge (G. Paris)....................................... 1 fr. 50
Rousseau (J.-J.) : *Extraits en prose* (Brunel)............ 2 fr. »
— *Lettre à D'Alembert sur les spectacles* (Brunel)........ 1 fr. 50
Scènes et portraits extraits des écrivains fran-
çais du XVII* et du XVIII* siècle (Brunel)............... 2 fr. »
Sévigné : *Lettres choisies* (Ad. Regnier)................. 1 fr. 80
Théâtre classique (Ad. Regnier)............................ 5 fr. »
Voltaire : *Choix de lettres* (Brunel)..................... 2 fr. 25
— *Siècle de Louis XIV* (Bourgeois)........................ 2 fr. 75
— *Charles XII* (Alb. Waddington).......................... 2 fr. »
— *Extraits en prose* (Brunel)............................. 2 fr. »

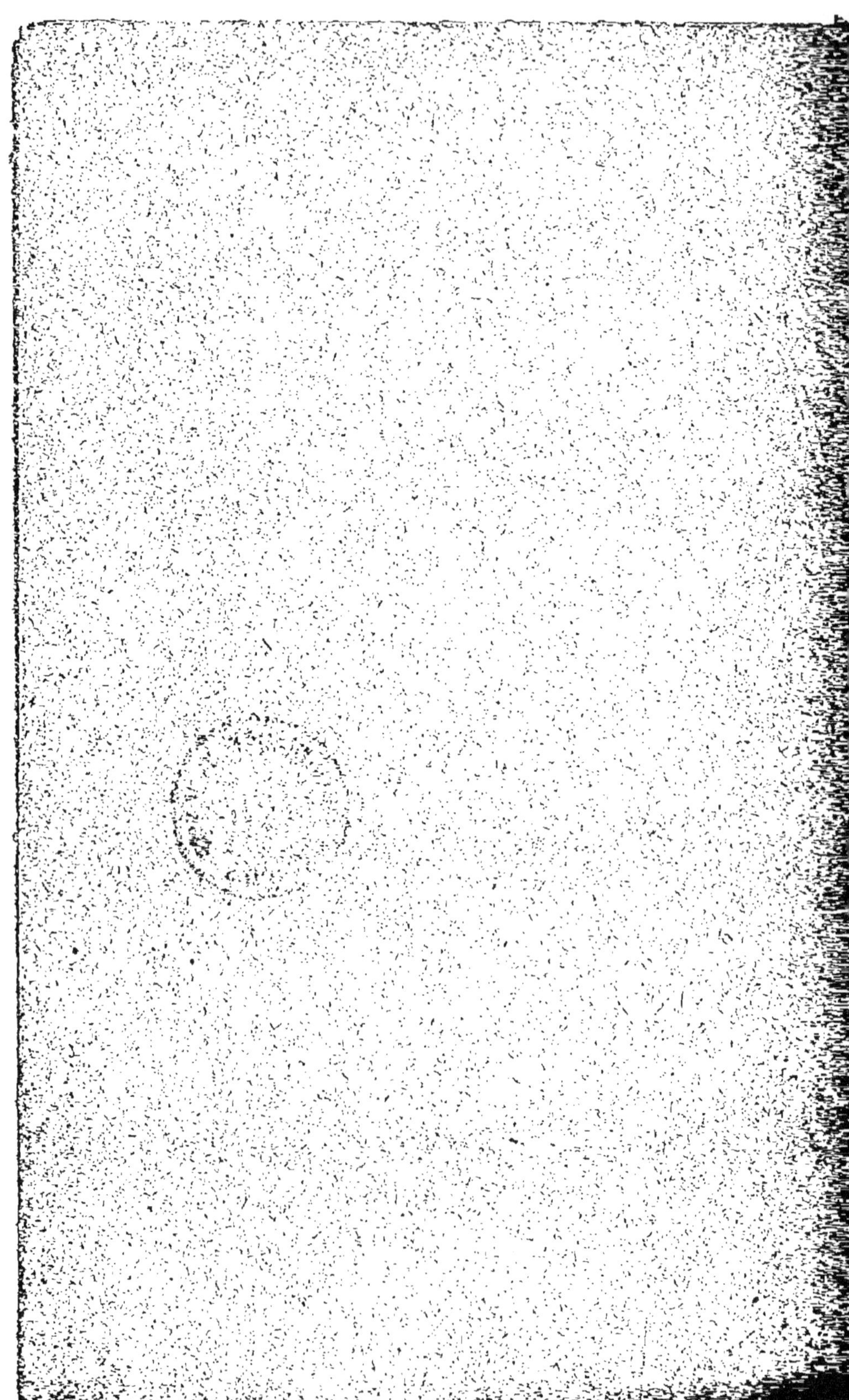

59181. — PARIS, IMPRIMERIE LAHURE
9, rue de Fleurus, 9